收藏！儲存！

非學不可的
生活韓語150篇

臉書超人氣韓語名師
趙叡珍老師 著

前言　작가의 말

　　이 책은 원래 제가 페이스북에서 운영하고 있는 페이지에서 출발하게 되었습니다. 일주일에 하나 정도 간단한 문장을 대화 형식을 빌어서 쉽게 배울 수 있도록 하였는데, 이 활동을 매주 꾸준하게 하여 지금 바로 여러분의 손에 있는 책 한 권으로 만들어지게 된 것입니다. 당연히 본 책에의 내용은 페이스북과는 다르지만 그 뼈대와 출발은 2014 년부터 시작된 것입니다. 이렇게 시간이 흘러 2017 년 연말에 한 권의 책으로 출판되어 감회가 남다릅니다.

　　이 책에 대해서 소개를 하자면 초급자 대상으로 만든 구문 중심회화책입니다. 때문에 한국어를 공부하는 학습자들이 한국어 공부를 하면서 궁금한 표현이 있을 때 찾아서 공부할 수도 있습니다. 물론 본 책도 매 단원마다 쉬운 표현에서부터 어려운 표현을 학습할 수 있도록 설계되었으므로 처음부터 중심 표현, 대화, 단어, 문법 등을 순차적으로 공부하여도 좋습니다. 이 뿐만이 아니라 한국 현지에서 최근에 유행하고 있는 유행어도 실어 학습자들이 한국어에 대한 흥미를 잃지 않고 재미있게 배울 수 있도록 하였습니다. 많은 대만의 한국어 학습자 분들이 재미있게 한국어를 배우길 바랍니다.

　　이 기회를 빌어 출판의 기회를 주신 출판사에게 감사의 인사를 보내고, 늘 저에게 힘이 되어주는 가족에게도 감사합니다.

　　감사합니다.

2017 년 9 월 29 일
조예진

作者序

撰寫這本書的動機起源自我的 FB 粉絲專頁＜跟趙老師一起學習韓國語＞。我每週大約會發一篇文章，將簡單的文章以對話的形式來讓讀者可以輕鬆學習韓文，持續進行到了現在，就成了大家現在手上拿著的這本書。當然這本書的內容跟 FB 粉專的內容不太一樣，但仍保留了原本的結構，因此本書的出發點可以說是從 2014 年開始的。到了 2017 年年底，這些內容終於變成了一本書給大家看，我實在是感激不盡。

這本書是為了讓初學者能學習韓國人實際上常用的句子，而以常用句型為主幹寫成的會話書。因此讀者們在讀韓文的時候，若有想知道的韓語表現，可以根據分類來查找。而這本書的每個單元皆以循序漸進的方式編排，因此也能從第一單元開始，以主題句、會話、單字、文法的順序學習。除此之外，這本書還介紹了有趣的韓國流行語，希望每位學習韓語的台灣讀者，都能覺得這本書既實用又有趣。

在此感謝 EZ KOREA 編輯部，也感謝總是給我許多鼓勵及力量的家人。

謝謝！

2017 年 9 月 29 日
趙叡珍

如何使用本書？

第一步

瀏覽目錄，選擇自己想學的句子。

第二步

學習句子，透過對話及 MP3 理解實際使用情境。

第三步

看單字，一起學習韓語中的常用單字。

第四步

背句子，並一起熟悉常用句型或語法。

第五步

還想與老師有更多互動嗎？可以利用趙老師的 FB 粉絲專頁＜跟趙老師一起學習韓國語함께 한국어를 배워요＞，在這裡可以持續學習，有問題也能直接跟老師聯繫。

目錄

前言

循序漸進！發音 GO！

好想知道這句話的韓文是什麼？
Part 1 社交篇－縮短你我的距離

08　祝福 / 節日祝賀

09　安慰

Part 2 職場篇－社會的寫實縮影

01　工作日常

02　離職

Part5 外型篇－打造完美初印象

Part 6 日常篇－趣味的生活點滴

附錄文法

韓語基本發音簡述

韓語 40 音簡介

韓文叫作 **한글**（hangeul），採用表音方式，共 40 個音。分成 19 個子音及 21 個母音。韓文創制於 1443 年，是世上最晚出現的文字，因此是世上唯一有記載創制人及日期的文字。此外，韓文（訓民正音解例本）是韓國國寶第 70 號，並登錄在世界紀錄遺產上。

創制韓文的人是朝鮮第四代國王－世宗大王，在世宗大王頒布韓文前，韓國人是借用漢字來書寫，然而只有貴族才有機會學習漢字，一般老百姓幾乎都是文盲。世宗大王憐憫因不懂文字而受苦的老百姓，下定決心要創制適合記錄事情的文字。而這些文字當然也不是世宗大王一個人研究出來的，他召集許多優秀學者，一起在「集賢殿」研究，經過大家不斷的努力後，終於在 1443 年誕生了 28 個韓文字。由於韓文是為了百姓所創制的，因此韓文又稱為「훈민정음（訓民正音）」，但創制後卻受到貴族的強烈反對，拖到 1446 年才頒布。目前韓國將 10 月 9 日定為「한글날（韓文節）」來紀念韓文頒布日。

韓文字的組成方法

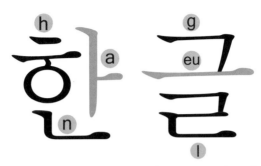

韓語 40 音是由 21 個母音和 19 個子音組成,那麼母音和子音又該如何組成?其實,韓文字與漢字相同,都追求方塊字,因此只要將母音及子音結合起來,就能成為一個字、一個音節。

組成方式有以下四種:

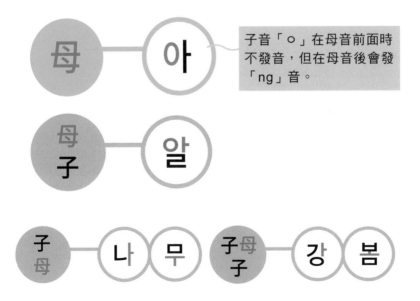

子音「ㅇ」在母音前面時不發音,但在母音後會發「ng」音。

韓語母音　한글 모음

母音的創制源自哲學思想，即「天、地、人」。

·	形之圓，象乎天也。
─	形之平，象乎地也。
┃	形之立，象乎人也。

韓文的21個母音，就是由這三個字（·、─、┃）所組成：

$$┃ + · = ┠$$

$$· + ─ = ㅗ$$

$$┠ + · = ㅑ$$

$$ㅜ + ┤ = ㅝ$$

共可組成 21 個母音：

母音	ㅏ	ㅐ	ㅑ	ㅒ	ㅓ	ㅔ	ㅕ	ㅖ
羅馬拼音	a	ae	ya	yae	eo	e	yeo	ye

母音	ㅗ	ㅘ	ㅙ	ㅚ	ㅛ	ㅜ	ㅝ	ㅞ
羅馬拼音	o	wa	wae	oe	yo	u	wo	we

母音	ㅟ	ㅠ	─	ㅢ	┃
羅馬拼音	wi	yu	eu	ui	i

基礎母音 ♫ 1

先來學習 8 個基礎母音，請跟著 MP3 大聲唸，邊寫邊唸，不用三分鐘就能背起來！

母音	ㅏ (a)	ㅓ (eo)	ㅗ (o)	ㅜ (u)	ㅡ (eu)	ㅣ (i)	ㅐ (ae)	ㅔ (e)
筆順	ㅣ→ㅏ	ㅡ→ㅓ	ㅣ→ㅗ	ㅡ→ㅜ	ㅡ	ㅣ	ㅏ→ㅐ	ㅓ→ㅔ
練習	ㅏ	ㅓ	ㅗ	ㅜ	ㅡ	ㅣ	ㅐ	ㅔ
單字	아이 小孩	어 嗯	오이 小黃瓜	아우 弟弟	으 痛苦的聲音	이 牙齒	우애 友愛	에이 A

複合母音 ♫ 2

在 8 個母音中的「ㅏ，ㅓ，ㅗ，ㅜ，ㅐ，ㅔ」前面，分別再加上「ㅣ
（i）」，便能組成複合母音。

例如：ㅣ(i) + ㅏ (a) → ㅑ (ya)，ㅣ (i) + ㅜ (u) → ㅠ (yu)，以此類推。

母音	ㅑ (ya)	ㅕ (yeo)	ㅛ (yo)	ㅠ (yu)	ㅒ (yae)	ㅖ (ye)
筆順	ㅏ → ㅑ	ㅓ → ㅕ	ㅗ → ㅛ	ㅜ → ㅠ	ㅐ → ㅒ	ㅔ → ㅖ
	ㅑ	ㅕ	ㅛ	ㅠ	ㅒ	ㅖ
練習						
單字	야구 棒球	여보 老婆、 老公	요리 料理	우유 牛奶	얘기 聊天	예스 Yes

其他的複合母音 ♫ 3

母音	ㅘ (wa)	ㅝ (wo)	ㅙ (wae)	ㅞ (we)	ㅚ (oe)	ㅟ (wi)	ㅢ (eu)
筆順	ㅗ→ㅘ	ㅜ→ㅝ	ㅗ→ㅙ	ㅜ→ㅞ	ㅗ→ㅚ	ㅜ→ㅟ	ㅡ→ㅢ
練習	ㅘ	ㅝ	ㅙ	ㅞ	ㅚ	ㅟ	ㅢ
單字	와요 來	더워요 熱	왜요 為甚麼	스웨터 毛衣	외가 外婆家	가위 剪刀	의사 醫生

韓語子音 한글 자음

韓文的子音是仿造人類的發音器官（嘴唇、舌頭、喉嚨），發出該聲音時的形狀。基本子音有：「ㄱ」、「ㄴ」、「ㅁ」、「ㅅ」、「ㅇ」。

發音位置	子音	說明
	ㄱ (g)	模仿舌根碰到軟顎的形狀。如說中文的「歌」時可以感覺到舌頭後方會輕輕地碰到軟顎。
	ㄴ (n)	模仿舌頭輕抵上排牙齒內側時的形狀。如說中文的「那」的口型。
	ㅁ (m)	模仿用嘴唇發音的形狀。

	ㅅ (s)	模仿牙齒的樣子，因為在發這個音時，氣流會經過上下排牙齒之間的縫隙。
	ㅇ (ng)	模仿從喉嚨發音的樣子。

依照這五個子音的發音原理，就能延伸出其他子音：

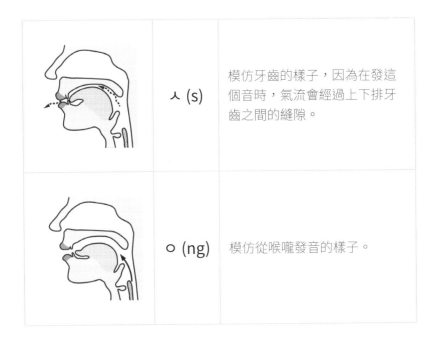

發音位置	發音時舌根會碰到軟顎	發音時舌尖會碰到上面牙齦的背面	利用上下兩個嘴唇發音	氣流從上下牙齒間的縫隙出去	喉嚨
平音	ㄱ	ㄴ	ㅁ	ㅅ	ㅇ
		ㄷ	ㅂ	ㅈ	ㅎ
		ㄹ			
激音	ㅋ	ㅌ	ㅍ	ㅊ	
硬音	ㄲ	ㄸ	ㅃ	ㅆ ㅉ	

平音 평음 ♫ 4

首先從平音開始學習子音，平音共有 10 個。

子音	ㄱ	ㄴ	ㄷ	ㄹ	ㅁ	ㅂ	ㅅ	ㅈ	ㅇ	ㅎ
羅馬拼音	g	n	d	r	m	b	s	j	-	h
	ㄱ	ㄴ	ㄷ	ㄹ	ㅁ	ㅂ	ㅅ	ㅈ	ㅇ	ㅎ
練習										

請跟著 MP3 大聲唸！

가구 家具	고기 肉	나무 樹	다리 腿	우리 我們	어머니 母親
사자 獅子	소주 燒酒	바나나 香蕉	바지 褲子	허리 腰	호주 澳洲

激音　격음 ♫ 5

激音又稱「送氣音」，在唸「ㄱ，ㄷ，ㅂ，ㅈ」時再加點氣音，就會變成激音「ㅋ，ㅌ，ㅍ，ㅊ」，激音的寫法類似它的來源子音。發音時可以想一想中文注音的順序，如以下：

《 (ㄱ) + 氣音 = ㄎ (ㅋ)　　ㄅ (ㅂ) + 氣音 = ㄆ (ㅍ)
ㄉ (ㄷ) + 氣音 = ㄊ (ㅌ)　　ㄐ (ㅈ) + 氣音 = ㄑ (ㅊ)

激音 （送氣音）	ㅋ	ㅌ	ㅍ	ㅊ
羅馬拼音	k	t	p	ch
	ㅋ	ㅌ	ㅍ	ㅊ
練習				

請跟著 MP3 大聲唸！

커피 咖啡	**토마토** 番茄	**포도** 葡萄	**고추** 辣椒	**크리스마스** 聖誕節

硬音　경음 ♫ 6

硬音有「ㄲ，ㄸ，ㅃ，ㅆ，ㅉ」5 個，發音並不難，唸重一點即可。

激音 （送氣音）	ㄲ	ㄸ	ㅃ	ㅆ	ㅉ
羅馬拼音	kk	tt	pp	ss	jj
	ㄲ	ㄸ	ㅃ	ㅆ	ㅉ
練習					

請跟著 MP3 大聲唸！

코끼리 大象	**머리띠** 髮箍	**뽀뽀** 親親	**아빠** 爸爸	**아저씨** 叔叔、大叔	**가짜** 假、冒牌貨

收尾音　받침

學到這裡，我們可以知道韓文有兩種組成方式，一種是由一個母音組成（例如：아이），另一種是由子音加母音所組成（例如：포도）。而「收尾音」的發音，就是在這兩種組成方式的字下面，再加上子音。

yang 양　nun 눈

收尾音只有七種，如下：

收尾音發音	屬於收尾音的子音	在 아 字下面放上收尾音
k	ㄱ，ㅋ，ㄲ	악 / 앜 / 앆
n(鼻音)	ㄴ	안
t	ㄷ，ㅅ，ㅈ，ㅊ， ㅌ，ㅎ，ㅆ	앋 / 앗 / 앚 / 앛 / 앝 / 앟 / 았
l(流音)	ㄹ	알
m(鼻音)	ㅁ	암
p	ㅂ，ㅍ	압앞
ng(鼻音)	ㅇ	앙

박	밖	부엌	문	닫다	빗
姓氏朴	外面	廚房	門	關（門窗）	梳子
빚	빛	밑	히읗	있다	일
負債	光	下面	子音「ㅎ」	有	一
물	김	입	잎	사랑	망고
水	海苔	嘴	樹葉	愛情	芒果

羅馬字標記法使用說明

本書的羅馬字標記是依照韓國文化觀光部 2000 年公布的羅馬字標記法（로마자 표기법）來撰寫。原則上不能在音節後面空格，但為了方便讀者學習，本書會在每個韓文字上標注羅馬拼音，以便辨認。

另外，羅馬字標記法是呈現發音變化後的樣子，因此唸法有時會跟韓文不同，例如「축하（恭喜）」的羅馬字標記不是「chuk ha」，而是「chu ka」，這是因為羅馬字標記法會反映出單字的激音化現象，即「축하〔추카〕」。

主要人物介紹 등장 인물 소개

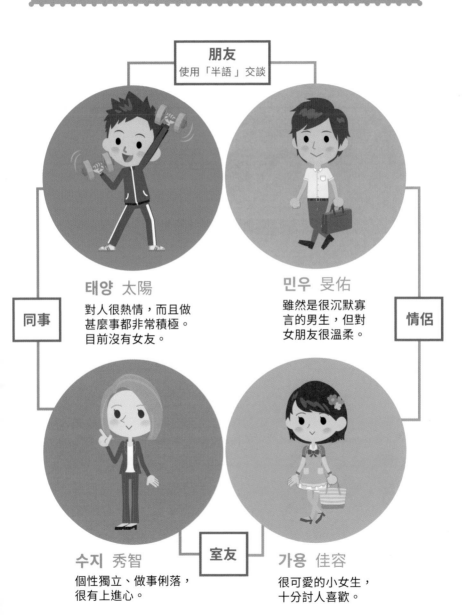

朋友
使用「半語」交談

同事

情侶

태양 太陽
對人很熱情，而且做甚麼事都非常積極。目前沒有女友。

민우 旻佑
雖然是很沉默寡言的男生，但對女朋友很溫柔。

수지 秀智
個性獨立、做事俐落，很有上進心。

室友

가용 佳容
很可愛的小女生，十分討人喜歡。

社交篇

好想知道這句話的韓文是什麼？

「好久不見」的韓語怎麼說？
o raen ma ni e yo
오랜만이에요.

對話 🎵 8

tae yang ssi o raen ma ni e yo
태양 씨, 오랜만이에요.
太陽，好久不見！

jeong mal o rae gan ma ni e yo   ga yong ssi yo jeum jal ji nae sseo yo
정말 오래간만이에요. 가용 씨, 요즘 잘 지냈어요?
真的好久不見。佳容，最近還好嗎？

ne jal ji nae sseo yo   geu reon de yeon ma ri ra ma ni ba ppa yo
네, 잘 지냈어요. 그런데 연말이라 많이 바빠요.
是的，還不錯。不過因為是年底，所以有點忙。

geu rae yo   na jung e mi nu rang ga chi keo pi han jan hae yo
그래요? 나중에 민우랑 같이 커피 한 잔 해요.
是嗎？之後跟旻佑一起喝杯咖啡吧。

單字與片語

오랜만、오래간만 好久、久違	나중에 之後
지내다 過	잔 杯（單位）
연말 年底	名詞＋（이）랑 跟、和（比同意思的
바쁘다 忙碌	「하고」、「와/과」更口語）

小叮嚀

오랜만 是 오래간만 的縮寫，因此「오랜만이에요.、오래간만이
에요.」兩個說法都是「好久不見」的意思。

N 이에요 / 예요　是 N ～

若想表達我是台灣人，可以使用此句型。

說明如下：

我	是	台灣人
저는	대만사람	이에요

> - 이에요 / 예요 .
> 前不需要空格。

前面的名詞以子音結尾使用 – **이에요**。如：**회사원이에요 .** （我）是上班族。
前面的名詞以母音結尾使用 –**예요**。如：**가수예요 .** （我）是歌手。

例句：

여기는 시먼딩이에요 . 這裡是西門町。
그거는 제 핸드폰이에요 . 那是我的手機。
저는 간호사예요 . 我是護士。
이 곡은 제가 제일 좋아하는 노래예요 . 這首是我最喜歡的歌曲。
이 사람이 제 남자친구예요 . 這位是我的男朋友。

✏️ 練習一下

1）저는 대만 사람（　　　　　　　　　）. 我是台灣人。
2）제 친구 이름은 김태희（　　　　　　）. 我朋友的名字是金泰希。
3）여기는 남대문시장（　　　　　　　）. 這裡是南大門市場。
4）모두 3000 원（　　　　　　　　　）. 總共是三千塊。
5）제 컴퓨터는 이거（　　　　　　　）. 我的電腦是這個。

答案
1) <u>이에요</u>　2) <u>예요</u>　3) <u>이에요</u>　4) <u>이에요</u>　5) <u>예요</u>

「初次見面」的韓語怎麼說？

cheo eum boep kket sseum ni da
처음 뵙겠습니다.

對話 ♩ 9

gim gwa jang nim   an nyeong ha sim ni kka
김과장님, 안녕하십니까?
金課長，您好！

ne   an nyeong ha se yo
네, 안녕하세요.
你好。

cheo eum boep kket sseum ni da   i geon je myeong ha mim ni da
처음 뵙겠습니다. 이건 제 명함입니다.
初次見面，這是我的名片。

man na seo ban gap sseum ni da   yeo gi an jeu se yo
만나서 반갑습니다. 여기 앉으세요.
很高興認識你，請坐。

單字與片語

처음 初次	**만나서 반갑다** 很高興認識你	
뵙다 拜見	**여기** 這裡	
명함 名片	**앉다** 坐	
이건 = 이거는 這個		

「晚安」的韓語怎麼說？

jal   ja   yo
잘 자요.

對話 🎵 10

ji be jal deu reo ga sseo yo   pi gon ha ji yo
집에 잘 들어갔어요? 피곤하지요?
到家了嗎？很累吧？

읽음
已讀

jal ja go nae il bwa yo
잘 자고 내일 봐요!
好好休息，明天見！

읽음
已讀

ne   jal do ra wa sseo yo   o neul jeong mal
네, 잘 돌아왔어요. 오늘 정말
jae mi i sseosseo yo
재미있었어요.
嗯，到家了。今天真的很好玩

읽음
已讀

yeong hwa do jae mi i sseot kko jeo nyeok sik ssa do cham
영화도 재미있었고 저녁 식사도 참
ma si sseosseo yo
맛있었어요.
電影也很好看、晚餐也非常好吃

읽음
已讀

o ppa do jal ja yo
오빠도 잘 자요.
歐巴你也晚安

읽음
已讀

單字與片語

들어가다 進去	돌아오다 回來	참 真
피곤하다 累、疲倦	저녁 식사 晚餐	

小叮嚀

如果想跟長輩說晚安，也可以說 잘 자요？當然 안돼요（不行）！
要跟長輩或者地位較高的人說晚安時，要說「안녕히 주무세요」，
這裡的 주무시다 是 자다（睡覺）的敬稱。

여러분 오늘도 정말 수고하셨습니다. 안녕히 주무세요!
大家今天真的辛苦了，晚安！

 補充句子：**인사말**（問候語）及 **상용구**（常用句）

對象／ 使用時機	平輩（朋友或熟人）	長輩、不熟的人
見面	**안녕** 你好	**안녕하세요.** 您好
離開	**잘 가** 再見	**잘 가요.** 再見 **안녕히 가세요.** 請慢走
用餐前	**맛있게 먹어** 請慢用 **잘 먹을게** 我要開動了	**맛있게 드세요.** 請慢用 **잘 먹겠습니다.** 我要開動了
用餐後	**잘 먹었어** 我吃飽了	**잘 먹었습니다.** 我吃飽了
道歉	**미안（해）** 對不起	**미안해요.** 對不起 **죄송해요.** 抱歉
打擾他人	**미안（해）** 打擾一下	**실례합니다.** 打擾一下
感謝	**고마워** 謝謝 **땡큐** Thank you	**고마워요.** 謝謝 **고맙습니다.** 謝謝 **감사합니다.** 謝謝
回覆感謝	**뭘** 不會 **천만에** 哪裡哪裡	**뭘요.** 不會 **천만에요.** 哪裡哪裡

「打給我」的韓語怎麼說？

jeon hwa hae yo
전화해요.

對話 ♫ 11

o ppa   o neul jae mi i sseosseo yo
오빠, 오늘 재미있었어요.
歐巴，我今天玩得很開心。

na do yo   ji be jal ga yo
나도요, 집에 잘 가요.
我也是，回家小心。

ne   jeo nyeo ge jeon hwa hae yo
네, 저녁에 전화해요.
好的，晚上打給我。

a ra sseo yo   ba i ba i
알았어요. 바이 바이~
知道了，Bye bye～

單字與片語

전화하다	打電話	저녁	晚上
재미있다	好玩、有趣	알다	知道
집	家		

hyu dae jeon hwa
補充單字：**휴대전화**（手機）

mun ja reul bo nae da / me si ji reul bo nae da
문자를 보내다 / 메시지를 보내다 傳訊息

dan tok bbang
단톡 방（團體＋TALK＋房）**群組**

mun ja reul sseu da / me si ji reul sseu da
문자를 쓰다 / 메시지를 쓰다 寫訊息

chin gu chu ga reul ha da
친구 추가를 하다 加好友

ra i neul bo nae da
라인을 보내다 傳 LINE

seu ti keo
스티커 貼圖

韓國人常用的網路簡寫

在網路上看韓國人寫的文章時，偶爾會發現像是外星語的文字，這就是簡寫，特別是年輕人喜歡這樣寫。然而，對長輩或不熟的人使用這種簡寫，可能會被誤認為沒禮貌，而且這也不是標準的寫法。在這裡介紹幾個常用的簡寫，非常實用！但請別太常使用，了解就好。
這些簡寫都是由兩個子音所組成，一起來看看吧！

ㅇㅇ（응응）
嗯嗯

ㅅㄱ（수고해요）
辛苦了

ㅈㅅ（죄송합니다）
對不起

ㄴㄴ（노노）
No No

ㄱㅅ、ㄳ（감사합니다）
謝謝

ㄱㄱ（고고）
Go Go

ㄱㄷ（기다려 주세요）
請稍等

ㅇㄷ（어디）
在哪裡？

ㅉㅉ（쯧쯧）
嘖嘖

ㅊㅋ（축하 [추카]）
恭喜

「你的血型是什麼」
的韓語怎麼說?

hyeo rae kyeong i mwo ye yo
혈액형이 뭐예요 ?

對話 ♪ 12

hyeo rae kyeong i mwo ye yo
혈액형이 뭐예요?
妳的血型是什麼?

jeo yo hyeong i yo su ji ssi neun yo
저요? B형이요. 수지 씨는요?
你問我嗎?我是 B 型。秀智妳呢?

jeon hyeong i yo han guk ssa ra meun hyeong i je il ma na yo
전 A형이요. 한국 사람은 A형이 제일 많아요.
我是 A 型,韓國 A 型的人最多。

geu reo kun nyo jae mi i sseo yo
그렇군요. 재미있어요.
是這樣喔,真有趣。

單字與片語

혈액형 血型	**많다** 多
B형 B 型	**재미있다** 有趣、好玩
A형 A 型	**形容詞+군요** 終結詞尾,表示某種
제일 最	感覺或感嘆

常用句型說明

V / Adj – 아 / 어요　現在式（非格式體）

在非正式的說話情況下，若要表達現在的動作或狀態，就使用「- 아 /
어요」的語尾。使用此語尾時要先確認動詞或形容詞的語幹的母音。

規則如下：

動詞或形容詞的語幹以陽性母音（ㅏ，ㅗ）結尾＋ - 아요
動詞或形容詞的語幹以其他母音結尾＋ - 어요
–하다 類的動詞或形容詞＋ - 여요

	動/形 基本型	動/形＋아 / 어 / 여요	過程	完成
去	가다	가＋아요	가아요	가요
來	오다	오＋아요	오아요	와요
好	좋다	좋＋아요	-	좋아요
吃	먹다	먹＋어요	-	먹어요
喝	마시다	마시＋어요	마시어요	마셔요
做	하다	하＋여요	하여요	해요
看書	공부하다	공부하＋여요	공부하여요	공부해요

例句：

저는 매일 한국 드라마를 봐요 .　我天天看韓劇。
뭐 마셔요？커피 마셔요？　你要喝什麼？喝咖啡嗎？
우리 데이트해요 .　我們去約會吧！

✏️ **練習一下**　利用下列的單字來造句。

맛있다 好吃　　자다 睡覺　　운동하다 運動　　기다리다 等

1）비빔밥이 정말 ＿＿＿＿＿＿＿＿ . 拌飯真的很好吃。
2）언니는 매일 ＿＿＿＿＿＿＿＿ . 姊姊天天做運動。
3）학교 앞에서 친구를＿＿＿＿＿＿ . 在學校前面等朋友。
4）잘 ＿＿＿＿＿＿＿＿＿＿＿＿ . 晚安。

答案
1）건너지 마세요　2）낙서하지 마세요　3）놀지 마　4）자요

「一起去吧」的韓語怎麼說？

_{ga chi ga yo}
같이 가요.

對話 🎵 13

_{ga yong ssi   o to ba i   ta go   eo di   ga yo}
가용 씨, 오토바이 타고 어디 가요?
佳容，妳騎機車要去哪裡？

_{jeo ji geum si meon ding e   ga yo}
저 지금 시먼딩에 가요.
我現在要去西門町。

_{geu rae yo   ga chi   ga yo}
그래요? 같이 가요!
是嗎？一起去吧！

_{jo a yo   dwi e   ta se yo   hel met kkok sseu se yo}
좋아요. 뒤에 타세요. 헬멧 꼭 쓰세요.
好啊。坐後面吧，記得戴安全帽喔！

單字與片語

오토바이 機車、摩托車	**시먼딩** 西門町（地名）	**헬멧** 安全帽
타다 坐、騎	**뒤** 後面	

字典找不到的韓國最新流行語：

「麻吉／好朋友」（절친）

> 這個詞本來沒辦法當名詞用，因為它原本是形容詞「**절친하다**」的語幹「**절친**」，無法單獨使用。但現在已經是「好朋友」或「麻吉」的意思。
>
> 另外也可以說「**베프**」，是英文「**베스트 프렌드**（Best friend）」的縮寫。

「出去玩吧」的韓語怎麼說？

na ga seo no ra yo
나가서 놀아요.

對話 🎵 14

eon je kka ji chang man bol geo ye yo   sim sim hae yo   na ga seo
언제까지 책만 볼 거예요? 심심해요. 나가서
no ra yo
놀아요!
到底要看書看到什麼時候？好無聊喔～出去玩吧！

a ra sseo yo   jam kkan man gi da ryeo yo   ot jjom ip kko yo
알았어요. 잠깐만 기다려요~ 옷 좀 입고요.
知道了，等一下下～我穿一下衣服。

u ri geuncheo ma teu e   ga seo jang bo neun geo eo ttae yo
우리 근처 마트에 가서 장 보는 거 어때요?
我們要不要去附近的大賣場買東西？

geu rae yo   ma chim syam pu ga   tteo reo jyeo sseo yo
그래요. 마침 샴푸가 떨어졌어요.
好啊，剛好洗髮精用完了。

單字與片語

만 只	장 (을) 보다 買菜
심심하다 無聊	마침 剛好
나가서 놀다 出去玩	샴푸 洗髮精、洗髮乳
근처 附近	떨어지다 用完
마트 大賣場	

「喝杯咖啡吧」的韓語怎麼說？

keo pi han jan hae yo
커피 한 잔 해요.

對話 🎵 15

ga yong ssi keo pi han jan hae yo
가용 씨, 커피 한 잔 해요.
佳容，我們去喝杯咖啡吧。

geu rae yo eo neu keo pi syo be gal kka yo
그래요. 어느 커피숍에 갈까요?
好啊，要去哪一家咖啡廳呢？

ma jeun pyeon seu ta beoksseu e ga yo
맞은편 스타벅스에 가요.
去對面的星巴克吧。

jo a yo
좋아요!
好啊！

 補充單字：**커피 종류**（咖啡種類）

아메리카노 美式咖啡	**카라멜카페모카** 焦糖摩卡咖啡
카페라떼 拿鐵	**화이트 초코 카페모카** 巧克力摩卡咖啡
카푸치노 卡布奇諾	**더치아메리카노** 冰滴壺美式咖啡
카페모카 摩卡咖啡	**더치라떼** 冰滴壺拿鐵
에스프레소 濃縮咖啡	**바닐라 카페라떼** 香草拿鐵
카라멜 마키아또 焦糖瑪奇朵	**녹차라떼** 抹茶拿鐵

＊以上咖啡若要點冰的，在前面加一句「**아이스**（ice）」即可。

「喝啤酒吧」的韓語怎麼說？

maek jju reul   ma syeo yo
맥주를 마셔요.

對話 ♫ 16

o neul jin jja deop tta
오늘 진짜 덥다.
今天真的很熱。

si won han eum nyo su   eo ttae
시원한 음료수 어때?
喝個涼飲如何？

geu reom u ri maek jju ma si ja
그럼 우리 맥주 마시자!
那我們喝杯啤酒吧！

jo eun saeng ga gi ya   chi maek kol
좋은 생각이야. 치맥 콜?
好主意，炸雞配啤酒怎麼樣？

kol
콜!
好！

單字與片語

시원하다 涼快、涼爽	**좋은 생각** 好主意
마시다 喝	**치맥** 炸雞配啤酒（치킨＋맥주 的簡寫）
맥주 啤酒	**콜** 好的、沒問題（call）

 補充單字：**술（酒）**

소주 燒酒	**고량주** 高粱酒	**도수가 높다** (酒精)濃度高
막걸리 瑪格麗	**칵테일** 雞尾酒	**도수가 낮다** (酒精)濃度低
폭탄주 炸彈酒	**술고래** 酒鬼	**주량이 / 술이 세다** 酒量大
포도주 葡萄酒	**음주운전** 酒駕	**주량이 / 술이 약하다** 酒量小

「來堆雪人吧」的韓語怎麼說？

nun ssa ra meul man deu reo yo
눈사람을 만들어요.

對話 ♬ 17

eo ryeosseul ttae nu ni   o myeon nun ssa ra meul man deu reo sseo yo
어렸을 때 눈이 오면눈사람을 만들었어요.
我小時候只要一下雪就會堆雪人。

nun ssa ram man deul gi   jae mi i sseo yo
눈사람 만들기 재미있어요?
堆雪人好玩嗎？

ne   jeong mal jae mi i sseo yo   nu neul dong geu ra ke mungchyeo seo
네, 정말 재미있어요. 눈을 동그랗게 뭉쳐서
nun   ko   i beul man deu reo jwo yo
눈, 코, 입을 만들어 줘요.
嗯，真的很好玩。把雪弄成圓圓的一團，再幫他弄個眼
睛、鼻子、嘴巴。

jeo do han beon man deu reo bo go   si peo yo
저도 한번 만들어 보고 싶어요.
我也想玩看看了。

單字與片語

눈사람 雪人	**동그랗다** 圓圓的
만들다 做	**뭉치다** 凝結、凝聚
어렸을 때 小時候	**눈** 眼睛
動詞＋(으)면… 表示習慣性、規律性的條件。	**코** 鼻子
等同「每到∨總是…」、「一∨就…」。	**입** 嘴巴

「**我們一起看星星吧**」的韓語怎麼說？

wu ri ga chi byeol gu gyeong hae yo
우리 같이 별 구경해요.

對話 ♫ 18

o ppa chwi mi ga mwo ye yo
오빠 취미가 뭐예요?
歐巴，你的興趣是什麼？

je chwi mi neun byeol ja ri yeon gu ye yo
제 취미는 별자리 연구예요.
我的興趣是研究星座。

byeol ja ri yo u wa ja ju byeol gu gyeong eul ga yo
별자리요? 우와~ 자주 별 구경을 가요?
星座？哇～你經常去看星星嗎？

ne nal ssi ga jo eul ttae kko ga yo bam ha neul e byeol deu reun
네, 날씨가 좋을 때 꼭 가요. 밤 하늘의 별들은
jeong mal a reum da wo yo
정말 아름다워요.
嗯，天氣好的時候一定會去，夜空中的星星真的很美。

單字與片語

취미 興趣	**밤** 夜晚	**하늘** 天空
별자리 星座	**구경하다** 觀賞、逛	**아름답다** 美麗
연구 研究	**꼭** 一定	

 補充單字：**별자리**（星座）

물병자리 水瓶座	**쌍둥이자리** 雙子座	**천칭자리** 天秤座
물고기자리 雙魚座	**게자리** 巨蟹座	**전갈자리** 天蠍座
양자리 牡羊座	**사자자리** 獅子座	**사수자리** 射手座
황소자리 金牛座	**처녀자리** 處女座	**염소자리** 魔羯座

「拜託」的韓語怎麼說？

bu ta kae yo

부탁해요.

對話 ♩ 19

su ji ssi nae il do seo gwa ne ga yo
수지 씨, 내일 도서관에 가요?
秀智，妳明天要去圖書館嗎？

ne ga yo mu seun nil i sseo yo
네, 가요. 무슨 일 있어요?
嗯，我要去。有什麼事嗎？

i chaegeul nae il kka ji do seo gwa ne ban na pae ya hae yo
이 책을 내일까지 도서관에 반납해야 해요.
chaek ban nap jjom bu ta kae yo
책 반납 좀 부탁해요~
這本書明天之前要還給圖書館，請幫我還書，拜託～

a ra sseo yo
알았어요.
知道了。

單字與片語

내일 明天	**名詞+까지** 到～
도서관 圖書館	**도서관** 圖書館
무슨 일 什麼事	**반납** 還、返還

「請安靜」的韓語怎麼說？

jo yong hi　　ha se yo
조용히 하세요.

對話 🎵 20

su ji ssi　　o rae gan ma ni e yo
수지 씨, 오래간만이에요.
秀智，好久不見！

o rae gan ma ni e yo　　geu reon de　　do seo gwa ne seo　jo yong hi
오래간만이에요. 그런데 도서관에서 조용히
ha se yo
하세요.
好久不見！不過在圖書館請安靜。

a　　kkam ppa kae sseo yo　　mi an hae yo
아! 깜빡했어요. 미안해요.
啊！我忘了，對不起。

mwol ryo　geu reon de　　tae yang ssi gga wen nil ro　do seo gwa ne　wa sseo
뭘요. 그런데 태양 씨가 웬일로 도서관에 왔어
yo
요?
有什麼好對不起的，不過太陽你怎麼會來圖書館呀？

sim sim hae seo　man hwa chaek bo reo　wa sseo yo　　ha ha ha
심심해서 만화책 보러 왔어요. 하하하!
因為太無聊了，所以來看個漫畫書，哈哈哈！

單字與片語

오래간만이다 好久不見	**깜빡하다** 忘記
그런데 不過	**웬일** 怎麼回事、什麼事
도서관 圖書館	**심심하다** 無聊
조용히 安靜地	**만화책** 漫畫書

對話 ♫ 21

tae yang ssi, sae chi gi ha ji mal go, ju reul jal seo se yo
태양 씨, 새치기하지 말고, 줄을 잘 서세요!
太陽,請不要插隊,好好排隊!

mi an hae yo. je ga ba ppa seo geu rae sseo yo
미안해요. 제가 바빠서 그랬어요.
對不起,我因為太忙了才這樣。

ba ppeumyeon je ga sa gal kke yo. a me ri ka no mat jio
바쁘면 제가 사 갈게요. 아메리카노 맞죠?
meon jeo ga se yo
먼저 가세요.
如果你很忙的話我幫你買吧,美式咖啡對吧?你先走吧。

su ji ssi, go ma wo yo
수지 씨, 고마워요.
秀智,謝謝妳。

單字與片語

새치기 (를) 하다 插隊	맞다 對
줄 (을) 서다 排隊	먼저 先
바쁘다 忙碌	動詞＋지 말다 不要做～
아메리카노 美式咖啡	動詞/形容詞＋(으)면 如果～的話

「請小心」的韓語怎麼說？
jo sim hae yo
조심해요.

對話 ♫ 22

jo sim hae yo   dwi e   cha ga   i sseo yo
조심해요. 뒤에 차가 있어요.
小心一點，後面有車子。

go ma wo yo
고마워요.
謝謝妳。

ta i pe i e neun cha ha go   o to ba i ga   ma neu ni kka neul
타이페이에는 차하고 오토바이가 많으니까 늘
jo sim hae ya hae yo
조심해야 해요.
台北有很多車子跟機車，所以要隨時注意喔。

ne   dae ma ne neun   o to ba i ga   jeong mal   ma na yo   jo sim hal
네, 대만에는 오토바이가 정말 많아요. 조심할
kke yo
게요.
對啊，台灣的機車真的很多，我會小心的。

單字與片語

조심하다 小心	오토바이 機車、摩托車
뒤 後面	늘 總是
차 車子	

「不要吵架」的韓語怎麼說？

ssa u ji ma se yo
싸우지 마세요.

對話 ♫ 23

eo je neun dongsaeng ha go ssa wo sseo yo
어제는 동생하고 싸웠어요.
我昨天跟弟弟吵架了。

dongsaeng ha go wae ssa wo sseo yo
동생하고 왜 싸웠어요?
為什麼和弟弟吵架？

dongsaeng i je ga san no teu buk keom pyu teo reul i reo beo ryeo sseo yo
동생이 제가 산 노트북 컴퓨터를 잃어버렸어요.
因為弟弟把我買的筆電弄丟了。

sok ssang haet kke sseo yo ha ji man dongsaeng ha go ssa u ji ma se yo
속상했겠어요. 하지만 동생하고 싸우지 마세요!
sa i jo ke jal ji nae se yo
사이좋게 잘 지내세요.
應該很傷心吧，但還是不要跟弟弟吵架！跟他好好相處吧。

a ra sseo yo
알았어요.
知道了。

單字與片語

동생 妹妹、弟弟	**속상하다** 傷心
싸우다 吵架、打架	**~지 말다** 別～、不要～
노트북 컴퓨터 筆記型電腦	**사이좋게 지내다** 友好相處、相處融洽
잃어버리다 丟掉	

「不要裝傻」的韓語怎麼說？

mo reu neun cheo ka ji ma yo

모르는 척하지 마요.

對話 ♪ 24

i sang hae yo   yeo gi   dam bae naem sae ga   na yo
이상해요. 여기 담배 냄새가 나요.
奇怪，這裡有菸味。

mu seun naem sae yo   jeon mo reu ge sseo yo
무슨 냄새요? 전 모르겠어요.
什麼味道？我沒聞到。

mo reu neun cheo ka ji   ma yo   tae yang ssi han te seo   na neun geol ryo
모르는 척하지 마요. 태양 씨한테서 나는 걸요.
你不要再裝傻了，這個味道明明是從你身上出來的。

mi an hae yo   geu myeo ni   neo mu   eo rye wo yo   jeo   eo tteo ka ji
미안해요. 금연이 너무 어려워요. 저 어떡하지
yo
요?
對不起，戒菸太難了。我該怎麼辦？

單字與片語

이상하다 奇怪	**모르는 척하다** 裝傻、裝糊塗
담배 香菸	**금연** 禁煙、戒菸
냄새 味道	**어렵다** 難
나다 發、生、出	

「對不起，來晚了」
的韓語怎麼說？

neu jeo seo mi an hae yo
늦어서 미안해요.

對話 ♫ 25

ga yong ssi neu jeo seo mi an hae yo
가용 씨, 늦어서 미안해요!
佳容，對不起，我來晚了！

gwaen cha na yo   geu reon de wae i reo ke neu jeo sseo yo
괜찮아요. 그런데 왜 이렇게 늦었어요?
沒關係，但為什麼這麼晚才來？

o neun gi re ye ppeun kko cheul pa ra seo ga yong ssi ju ryeo go
오는 길에 예쁜 꽃을 팔아서 가용 씨 주려고
sa wa sseo yo   ba da yo
사 왔어요. 받아요.
來的路上看到有人在賣漂亮的花，想送給佳容妳，所以就
買來了，請收下。

eo meo na kko chi neo mu ye ppeo yo
어머나! 꽃이 너무 예뻐요.
天啊！好漂亮的花。

單字與片語

늦다 晚	**꽃** 花
이렇게 這麼	**팔다** 賣
길 路	**받다** 收
예쁘다 漂亮	

52

「我相信你」的韓語怎麼說？

nan neol mi deo
난 널 믿어.

對話 ♫ 26

yeon ma re hoe sa e seo seung jin si heo mi i sseo
연말에 회사에서 승진 시험이 있어.
公司年底有個升遷考試。

geu rae jo eun gi hoe ne
그래? 좋은 기회네.
是喔？是個好機會呀。

geu reon de ja si ni eop sseo mot bu teul geo ga ta
그런데 자신이 없어. 못 붙을 것 같아.
不過我沒什麼自信，覺得應該不會考上。

nan eon je na neol mi deo yeol ssim hi ha myeon da jal doel kkeo ya
난 언제나 널 믿어. 열심히 하면 다 잘 될 거야.
我一直相信著你。認真做的話，一定會有好結果的。

單字與片語

연말 年底	자신이 없다 沒自信	언제나 總是
승진 시험 升遷考試	붙다 考上	열심히 認真地
기회 機會	믿다 相信	잘 되다 好、行

小叮嚀

「믿어요」除了有「相信」的意思外，還有「信～、信仰～」的意思。

· 저는 당신을 믿어요. 我相信你。
· 저는 하느님을 믿어요. 我信老天爺。
· 불교 /기독교/가톨릭(종교)을 믿어요. 我信佛教／基督教／天主教（宗教）。

「千萬不要放棄」的韓語怎麼說？

jeol ttae po gi ha ji ma
절대 포기하지 마.

對話 ♩ 27

mu seun ni ri i sseo do neo jeol ttae po gi ha ji ma a rat jji
무슨 일이 있어도 너 절대 포기하지 마, 알았지?
不管有什麼事情，你千萬不要放棄，知道吧？

eung a ra sseo mi deo jwo seo go ma wo
응, 알았어. 믿어줘서 고마워.
嗯，知道了，謝謝你相信我。

chin gu kki ri dangyeon ha ji
친구끼리 당연하지.
朋友之間本來就應該要這樣啊。

seung jin si heo me bu teu myeo nae ga han teong nael kke gi dae hae
승진 시험에 붙으면 내가 한턱낼게. 기대해!
如果我升遷考試有上的話我就請客，敬請期待！

單字與片語

무슨 일 什麼事	당연하다 當然
절대 絕對	승진 시험 升遷考試
포기하다 放棄	한턱내다 請客
끼리 指同類的一夥	기대하다 期待

「一切都會變好的」的韓語怎麼說？

da jal doel geo ye yo
다 잘 될 거예요.

對話 ♫ 28

nae il jung yo han mi ting i i sseo yo
내일 중요한 미팅이 있어요.
明天有重要的會議。

jun bi jal hae sseo yo
준비 잘 했어요?
準備好了嗎？

haet jji man geokjjeong i e yo
했지만 걱정이에요.
雖然有準備，但還是很擔心。

geokjjeong ha ji ma yo da jal doel geo ye yo
걱정하지 마요. 다 잘 될 거예요.
別擔心，一切都會變好的！

單字與片語

내일 明天	잘 好好地
중요하다 重要	걱정하다 擔心
미팅 會議	다 都
준비하다 準備	되다 變得

「請加油」的韓語怎麼說？

him nae se yo
힘내세요.

對話 🎵 29

yo jeum hoe sa saeng hwa ri neo mu him deu reo yo
요즘 회사 생활이 너무 힘들어요.
最近公司生活太累了。

mu seun nil i sseo yo
무슨 일 있어요?
有什麼事嗎？

byeol ril a ni e yo geu nyang mae il mae i ri ttok ga chi ba ppa
별일 아니에요. 그냥 매일 매일이 똑같이 바빠
yo
요.
沒什麼，只是每一天都很忙。

o ppa him deul ji yo yeo gi keo pi han jan ma si go him nae se yo
오빠, 힘들지요? 여기 커피 한 잔 마시고 힘내세요.
歐巴，你很累吧？喝杯咖啡後再加油吧！

單字與片語

생활 生活	**똑같이** 一模一樣
힘들다 吃力、累	**잔** 杯（量詞）
별일 特別的事	**힘내다** 盡力、努力
매일 每天	

常用句型說明

V（으）세요 請V～

用在非正式的說話情況下，若想請別人做某件事情，可以在動詞的語幹後加「–（으）세요」，使用此語尾時要先確認動詞語幹的最後一個字有無收尾音。

規則如下：

動詞語幹的最後音節以子音為結束 – 으세요
動詞語幹的最後音節以母音或子音ㄹ為結束 – 세요

	動詞基本型	動＋（으）세요	請 -
讀	읽다	읽 + 으세요	읽으세요
坐	앉다	앉 + 으세요	앉으세요
去	가다	가 + 세요	가세요
買	사다	사 + 세요	사세요
住、生活	살다	살 + 세요	사세요
做	만들다	만들+세요	만드세요

例句：

어서 오세요. 歡迎光臨。
이쪽으로 가세요. 請往這邊走。
귤 좀 보세요. 귤이 아주 달아요. 來看看橘子，橘子很甜。

🖉 **練習一下** 利用下列的單字來造句。

가다 去	들어오다 進來	앉다 坐

1）여기 _____. 請坐這邊。
2）밖이 추워요. 빨리 _____. 外面很冷，快進來吧。
3）여기에서 오른쪽으로 _____. 請在這裡右轉（去）。

答案
1）<u>앉으세요</u> 2）<u>들어오세요</u> 3）<u>가세요</u>

「**好厲害**」的韓語怎麼說？

dae dan hae yo

대단해요.

對話 🎵 30

ji nan ju ma re han gu geo si heo mi i sseosseo yo
지난 주말에 한국어 시험이 있었어요.
我上個周末有韓語考試。

si heom jal bwa sseo yo
시험 잘 봤어요?
考得好嗎？

ne jal bon geot ga ta yo ji nan beon bo da swi wo sseo yo
네, 잘 본 것 같아요. 지난번보다 쉬웠어요.
嗯，好像考得還不錯，比上次簡單。

wa dae dan hae yo
와, 대단해요!
哇，好厲害喔！

單字與片語

지난 주말 上個周末	**쉽다** 簡單、容易
한국어 韓語	**대단하다** 厲害
시험 考試	**動詞＋（으）ㄴ 것 같다** 好像～
시험을 보다 參加考試	

「很聰明」的韓語怎麼說？

ttok tto kae yo
똑똑해요.

對話 ♫ 31

keom pyu teo ga　go jang na sseo yo
컴퓨터가 고장났어요.
我的電腦壞了。

je ga jom bol kke yo　a　gan dan han mun je ye yo　i reo ke
제가 좀 볼게요. 아, 간단한 문제예요. 이렇게
ha myeon dwae yo
하면 돼요.
我來看一下。啊！這問題很簡單，這樣做就可以了。

wa　jin jja ttok tto kae yo
와, 진짜 똑똑해요.
哇！妳好聰明喔！

mwol ryo　ha ha ha
뭘요. 하하하.
哪裡，哈哈哈。

單字與片語

컴퓨터 電腦	문제 問題
고장나다 故障	이렇게 這麼、這樣
간단하다 簡單	똑똑하다 聰明

「你最棒」的韓語怎麼說？

choe go ye yo
최고예요.

對話 ♫ 32

a　 o neul nal ssi jeong mal deom ne yo
아, 오늘 날씨 정말 덥네요.
啊！今天天氣真熱啊。

o ppa　 i geo a i seu keo pi ye yo　 deu se yo
오빠, 이거 아이스커피예요. 드세요.
歐巴，這是冰咖啡，喝吧。

u wa　 u ri　 yeo ja chin gu ga choe go ye yo　 jeo　 ji geum ttak
우와! 우리 여자친구가 최고예요. 저 지금 딱
a i seu keo pi ga　ma si go　si peo sseo yo
아이스커피가 마시고 싶었어요.
哇！我的女朋友最棒了，我現在正想喝冰咖啡。

ha ha ha　 tel re pa si ga tonghaen na bwa yo
하하하. 텔레파시가 통했나 봐요.
哈哈哈，是不是心有靈犀一點通？

單字與片語

날씨 天氣	드시다 喝（**마시다** 的敬語）
덥다 熱	텔레파시가 통하다 心有靈犀一點通
아이스커피 冰咖啡	動詞＋나 보다 好像～

「**好帥**」的韓語怎麼說？

meo si sseo yo
멋있어요.

對話 ♫ 33

si nip ssa won gim seong hun ssi a ra yo
신입사원 김성훈 씨 알아요?
你認識新人金盛勳嗎？

ne a ra yo
네, 알아요.
認識啊。

neo mu meo si sseo yo
너무 멋있어요.
他好帥喔。

ma ja yo seongkkyeok tto jo a yo
맞아요. 성격도 좋아요.
對啊，他個性也很好。

單字與片語

멋있다 帥、英俊	**씨** 先生、小姐
신입사원 新進社員、新人	**성격** 個性、性格
김성훈 金盛勳（人名）	**名詞＋도** 也

「**長得很帥**」的韓語怎麼說？

jal saenggyeo sseo yo
잘 생겼어요.

對話 ♪ 34

chin gu deul jung e nu ga je il jal saenggyeosseo yo
친구들 중에 누가 제일 잘 생겼어요?
朋友裡面誰長得最帥？

je sang ga ge neun je im seu ssi ga cham jal saenggyeosseo yo
제 생각에는 제임스 씨가 참 잘 생겼어요.
我覺得詹姆斯真的很帥！

geu rae yo tae yang ssi neun eo ttae yo
그래요? 태양 씨는 어때요?
這樣喔？太陽如何呢？

tae yang ssi neun kkon mi na mi ji man je ta i beun a ni e yo
태양 씨는 꽃미남이지만 제 타입은 아니에요.
太陽雖是個花美男，但不是我的菜。

單字與片語

제일 最	참 真的
잘 생기다 長得帥、長得好看	꽃미남 花美男
생각하다 認為	타입 類型
제임스 詹姆斯（人名）	

「忙得天昏地暗」的韓語怎麼說？

ba ppa seo jeong sin eop sseo yo
바빠서 정신 없어요.

對話 ♫ 35

yo jeum hoe sa i ri neo mu ba ppa seo jeong si ni ha na do
요즘 회사 일이 너무 바빠서 정신이 하나도
eop sseo yo
없어요.
最近工作實在是太忙了，忙得天昏地暗。

mo du da ba ppeu ne yo
모두 다 바쁘네요.
大家都好忙。

yeon ma ri ra seo geu reon ga bwa yo
연말이라서 그런가 봐요.
可能因為是年底吧。

ma ja yo hyu si gi pi ryo hae yo
맞아요. 휴식이 필요해요.
沒錯，我需要休息。

單字與片語

일 工作、事情	휴식 休息
정신 (이) 없다 忙碌、弄糊塗了	필요하다 需要
연말 年底	

「考砸了」的韓語怎麼說？

si heo meul mangchyeosseo yo
시험을 망쳤어요.

對話 ♫ 36

eo je to ik eo ttae sseo yo
어제 토익 어땠어요?
昨天多益考得如何？

yeol ssim hi jun bi haenneun de si heo meul mangchyeosseo yo
열심히 준비했는데 시험을 망쳤어요.
雖然認真準備了，但還是考砸了。

geu rae yo si heo mi eo ryeo wo sseo yo
그래요? 시험이 어려웠어요?
是嗎？考試很難嗎？

ne saeng gak ppo da eo ryeo wo sseo yo
네. 생각보다 어려웠어요.
是的。比我想像中的還難。

單字與片語

토익 多益（TOEIC）	**망치다** 搞糟、弄壞、搞亂
시험 考試	**어렵다** 難
열심히 認真地	**생각보다** 比想像得
준비하다 準備	

「**懶得洗碗**」的韓語怎麼說？
seol geo ji ha gi gwi cha na yo
설거지하기 귀찮아요.

對話 ♫ 37

yo jeum neo mu ba ppa seo sa mil dong an seol geo ji reul an hae sseo yo
요즘 너무 바빠서 3일 동안 설거지를 안 했어요.
ha gi si reo yo
하기 싫어요.
最近太忙了，三天都沒有洗碗，不想做啊！

yo jeum nal ssi ga deo wo yo gye sok seol geo ji reul an ha myeon
요즘 날씨가 더워요. 계속 설거지를 안 하면
ba kwi beol re ga na ol geo ye yo
바퀴벌레가 나올 거예요.
最近天氣很熱，如果你一直這樣下去小強會出現喔。

ak ba kwi beol re ga deo mu seo wo yo o neul ji be ga seo
악! 바퀴벌레가 더 무서워요. 오늘 집에 가서
ba ro seol geo ji reul hae ya ge sseo yo
바로 설거지를 해야겠어요.
啊！小強更可怕，今天回家我得馬上洗碗了。

geu rae ya ji yo a ni myeon sik kki se cheok kki reul han dae sa se yo
그래야지요. 아니면 식기세척기를 한 대 사세요.
這就對了，要不然就買一台洗碗機吧。

單字與片語

동안 期間		계속 繼續	
설거지하다 洗碗		바퀴벌레 蟑螂	
귀찮다 麻煩、厭煩		식기세척기 洗碗機	
싫다 討厭		대 台（量詞）	

常用句型說明

V 기 귀찮다　懶得 V

用來表達懶得做甚麼動作。此句型的使用方法很簡單，在動詞的語幹後直接加「-기 귀찮다」即可。

可以參考以下範例：

밥 (을) 먹다（吃飯）	→	밥 먹기 귀찮아요. （懶得吃飯）
운동하다（運動）	→	운동하기 귀찮아요. （懶得做運動）
화장실에 가다（上廁所）	→	화장실에 가기귀찮아요. （懶得上廁所）
출근하다（上班）	→	출근하기 귀찮아요. （懶得上班）
화장하다（化妝）	→	화장하기 귀찮아요. （懶得化妝）

例句：

운동하기 귀찮지만 건강을 위해서 매일 운동해요.
雖然很懶得運動，但為了健康還是會每天運動。

백화점에 가기 귀찮아서 인터넷 쇼핑을 해요.
懶得去百貨公司，所以網購。

옛날에는 학교에 가기 귀찮았어요. 하지만 지금은 회사에 가기 귀찮아요.
以前是懶得去學校，但現在是懶得去公司。

✏️ **練習一下**　利用下列的單字來造句。

1) 懶得打掃 → _____.
2) 懶得寫功課 → _____.
3) 懶得洗澡 → _____.

答案
1) 청소하기 귀찮아요.　2) 숙제하기 귀찮아요.　3) 샤워하기 귀찮아요.

「不像話」的韓語怎麼說？

mal do an dwae
말도 안 돼.

對話 ♫ 38

na ga yong i rang sa gwi eo
나 가용이랑 사귀어.
我跟佳容在交往。

mal do an dwae jin jja ya
말도 안 돼, 진짜야?
太不像話了，真的假的？

mwo ga mal do an dwae u ri sag win ji beol sseo han da ri ya
뭐가 말도 안 돼? 우리 사귄 지 벌써 한 달이야.
哪裡不像話了？我們已經交往一個月了。

mwo han dal geu reom wae ji geum mal hae ju neun geo ya
뭐 한 달? 그럼 왜 지금 말해주는 거야?
什麼？一個月？那為什麼現在才告訴我？

單字與片語

말도 안 되다 不像話（慣用句）	**진짜** 真、真的
사귀다 交往	**지금** 現在
벌써 已經	**말해주다** 告訴、說明
한 달 一個月	

「真冤枉啊」的韓語怎麼說？

jeong mal   eo gul hae
정말 억울해.

對話 ♫ 39

a kka   el ri be i teo e seo   eo tteon   sa ra mi bang gwi reul kkwi e
아까 엘리베이터에서 어떤 사람이 방귀를 뀌었
sseo
어.
剛剛在電梯裡面有人放屁。

geu reon de
그런데?
所以呢？

geu reon de   da reun sa ram deu ri da   na man bo neun geo ya
그런데 다른 사람들이 다 나만 보는 거야.
但大家都在看我。

ha ha ha   mo du ne/ni ga bang gwi kkwin jul   a rat kku na
하하하, 모두 네가 방귀 뀐 줄 알았구나.
哈哈哈，大家都以為那是你放的屁喔！

jeong mal   eo gul hae
정말 억울해!
真的好冤枉喔！

單字與片語

아까 剛剛	그런데 不過
엘리베이터 電梯	다른 사람 別人
어떤 사람 有人	

「不要痛」的韓語怎麼說？

a peu ji ma yo
아프지 마요.

對話 ♫ 40

eo di a pa yo ga yong ssi
어디 아파요? 가용 씨.
佳容，妳哪裡不舒服？

gam gi e geol rin geot ga ta yo
감기에 걸린 것 같아요.
好像感冒了。

geu rae yo yeol do in na yo
그래요? 열도 있나요?
是嗎？也有發燒嗎？

yeo reun eop sseo yo jeon gwaen cha na yo
열은 없어요. 전 괜찮아요.
沒有發燒，我沒事。

a peu ji ma yo ga yong ssi mo mi a peu myeon je ma eu mi
아프지 마요. 가용 씨 몸이 아프면 제 마음이
deo a pa yo
더 아파요.
妳別生病啊，妳身體不舒服的話會讓我的心更痛。

單字與片語

어디 哪裡	몸 身體
감기에 걸리다 感冒	마음 心
열 發燒、熱	더 更
더 이상 再也	

「沒有時間」的韓語怎麼說？

si ga ni eop sseo yo
시간(이) 없어요.

對話 ♫ 41

yo jeum bap meo geul si gan do eop sseo yo neo mu ba ppa yo
요즘 밥 먹을 시간도 없어요. 너무 바빠요.
最近連吃飯的時間都沒有，太忙了！

geu re ke bap pa yo
그렇게 바빠요?
那麼忙嗎？

ne sa ri ppa ji neun so ri ga deul ri neun geot ga ta yo
네, 살이 빠지는 소리가 들리는 것 같아요.
對，好像聽到肉掉下來的聲音。

jom swi se yo
좀 쉬세요.
稍微休息吧。

單字與片語

살이 빠지다 變瘦、掉肉	쉬다 休息
들리다 聽到	動詞+는 것 같다 好像～
좀 有點	

「遲到了」的韓語怎麼說？

ji ga kae sseo yo
지각했어요.

對話 🎵 42

o neul do tto sip ppun ji ga kae sseo yo
오늘도 또 10분 지각했어요.
今天又遲到十分鐘了。

mae il ji ga ka myeon an jo a yo a chi me gi ri ma ni
매일 지각하면 안 좋아요. 아침에 길이 많이
ma kyeosseo yo
막혔어요?
每天都遲到不太好呀，早上塞車很嚴重嗎？

a ni yo jeo neun ji ha cheol ro chul geun hae yo
아니요. 저는 지하철로 출근해요.
沒有，我都坐捷運上班。

geu reom wae ji ga kae sseo yo il jjing na o se yo
그럼 왜 지각했어요? 일찍 나오세요!
那為什麼會遲到？早點出門啊！

單字與片語

분 分鐘	나오다 出來 ↔ 나가다 出去
지각하다 遲到	길이 막히다 塞車（길 路；막히다
출근하다 上班 ↔ 퇴근하다 下班	堵住、塞住）

「祝你財源廣進」的韓語怎麼說？

bu ja doe se yo
부자되세요.

對話 ♫ 43

su ji ssi neun gye sok hoe sa e da nil geo ye yo
수지 씨는 계속 회사에 다닐 거예요?
秀智，妳會一直在公司上班嗎？

a ni yo jeo neun sim nyeon dwi e je sa eo beul ha go si peo yo
아니요. 저는 십 년 뒤에 제 사업을 하고 싶어요.
不，十年後我想做自己的事業。

geu rae yo meotjjyeo yo su ji ssi neun jal hal geo ye yo bu ja doe
그래요? 멋져요. 수지 씨는 잘할 거예요. 부자되
se yo
세요.
是喔？好帥喔！妳一定會做得很好的。祝妳財源廣進。

ha ha ha ji geu meun a ni ji man geu rae do go ma wo yo
하하하! 지금은 아니지만 그래도 고마워요.
哈哈哈！雖然不是現在，但還是謝謝妳喔。

單字與片語

십 년 뒤	十年後	잘하다	做得好
제	我的	부자	有錢人、富人
사업	事業	되다	變成、成為
멋지다	帥		

「祝你考試順利」的韓語怎麼說？

si heom jal bo se yo
시험 잘 보세요.

對話 ♫ 44

su ji ssi to yo i re mwo hae yo
수지 씨, 토요일에 뭐 해요?
秀智，妳禮拜六要做什麼？

i beon ju to yo i re jeo jung gu geo si heo mi i sseo yo
이번 주 토요일에 저 중국어 시험이 있어요.
我這個禮拜六有中文考試。

wa jung gu geo si heo mi yo si heom jal bo se yo pa i ting
와! 중국어 시험이요? 시험 잘 보세요. 파이팅!
哇！中文考試？祝妳考試順利，加油！

go ma wo yo ha ji man gong bu reul ma ni mo tae seo jom geokjjeong
고마워요. 하지만 공부를 많이 못 해서 좀 걱정
i e yo
이에요.
謝謝你，但沒有準備好所以有點擔心。

單字與片語

토요일 星期六	시험을 보다 參加考試
이번 주 本週、這個禮拜	파이팅 加油
중국어 中文	걱정 憂慮、憂愁、擔心
시험 考試	

「祝你好運」的韓語怎麼說?

haeng u neul bi reo yo
행운을 빌어요.

對話 ♫ 45

jeo nae il seung jin si heo mi i sseo yo
저 내일 승진 시험이 있어요.
我明天有升遷考試。

geu rae yo jun bi jal hae sse yo
그래요? 준비 잘 했어요?
是嗎?準備好了嗎?

yeol ssim hi haet jji man geokjjeong i e yo
열심히 했지만 걱정이에요.
雖然認真準備過了,但還是很擔心。

jal hal geo ye yo haeng u neul bi reo yo o ppa pa i ting
잘할 거예요. 행운을 빌어요. 오빠, 파이팅!
沒問題的,祝你好運。歐巴,加油!

單字與片語

행운	好運	준비히다	準備
빌다	祝、祈禱	열심히	認真地
승진 시험	升遷考試	잘하다	做得好

「生日快樂」的韓語怎麼說？

saeng il chu ka hae yo
생일 축하해요.

對話 ♫ 46

saeng il chu ka ham ni da　　saeng il chu ka ham ni da
생일 축하합니다~ 생일 축하합니다~
祝你生日快樂～祝你生日快樂～

sa rang ha neun mi nu ssi　　saeng il chu ka ham ni da
사랑하는 민우 씨~ 생일 축하합니다~
親愛的旻佑～祝你生日快樂～

o ppa chot ppul bul gi jeo ne so won kkok bi se yo geu ri go
오빠, 촛불 불기 전에 소원 꼭 비세요. 그리고
i geon je seon mu ri e yo ba deu se yo
이건 제 선물이에요. 받으세요.
歐巴，吹蠟燭前一定要許願喔。還有這是我的禮物，請收
下！

jeong mal go ma wo yo ga yong ssi ga i sseo seo ol hae saeng i ri
정말 고마워요. 가용 씨가 있어서 올해 생일이
na han te deo teuk ppyeol han geot ga ta yo
나한테 더 특별한 것 같아요.
真的很謝謝妳。因為有妳在，讓我覺得今年的生日更特別
了。

單字與片語

축하하다 恭喜、祝賀	꼭 一定
촛불 燭光、蠟燭	선물 禮物
불다 吹	올해 今年
소원을 빌다 許願	특별하다 特別

「生日禮物」的韓語，年輕人怎麼說？

生日的韓文是「**생일**」，禮物的韓文是「**선물**」，所以生日禮物的韓文就是「**생일 선물**」。但韓國年輕人更常講「**생선**」，這種縮寫用法在韓國年輕人中是很常出現的現象。所以「**생선 주세요.**」的意思是「請給我生日禮物」。但若不知道這是縮語（新造語）的人，可能會誤認為這句話的意思是：「請給我魚」，因為魚的韓語也是 **생선**。

由此可推論，年輕人也會把「生日派對（**생일 파티**）」的韓文縮短，大家應該能猜到是什麼吧？沒錯！就是「**생파**」！韓文縮寫蠻簡單的吧！

例句

o neul chin gu saeng pa ga i sseo seo saengseon sa reo bae kwa jeo me ga sseo yo
· 오늘 친구 생파가 있어서 생선 사러 백화점에 갔어요.
因為今天有朋友的生日派對，所以我去百貨公司買生日禮物。

「聖誕節快樂」的韓語怎麼說？

jeul geo un   seong tan jeol   doe se   yo
즐거운 성탄절 되세요.

對話 ♫ 47

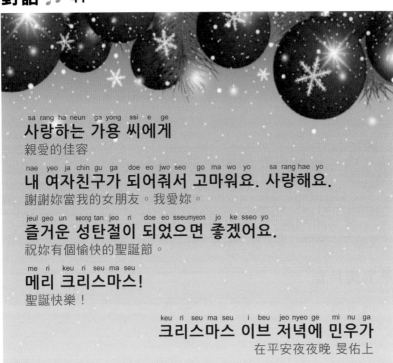

sa rang ha neun ga yong ssi e ge
사랑하는 가용 씨에게
親愛的佳容

nae yeo ja chin gu ga doe eo jwo seo go ma wo yo   sa rang hae yo
내 여자친구가 되어줘서 고마워요. 사랑해요.
謝謝妳當我的女朋友。我愛妳。

jeul geo un seong tan jeo ri doe eo sseumyeon   jo ke sseo yo
즐거운 성탄절이 되었으면 좋겠어요.
祝妳有個愉快的聖誕節。

me ri keu ri seu ma seu
메리 크리스마스!
聖誕快樂！

keu ri seu ma seu   i beu jeo nyeo ge   mi nu ga
크리스마스 이브 저녁에 민우가
在平安夜夜晚 旻佑上

單字與片語

즐겁다 愉快、快樂
성탄절, 크리스마스 聖誕節（Christmas）
크리스마스 이브 平安夜（Christmas eve）

되다 成為、變成
크리스마스 카드 聖誕卡片

「**新年快樂**」的韓語怎麼說？

sae hae bong ma ni ba deu se yo
새해 복 많이 받으세요.

對話 ♫ 48

na i reul tto han sal meogeon ne yo   sae hae bong ma ni ba deu se yo
나이를 또 한 살 먹었네요. 새해 복 많이 받으세요!
又多了一歲呀，新年快樂！

tae yang ssi do sae hae bong ma ni ba deu se yo
태양 씨도 새해 복 많이 받으세요.
太陽，你也新年快樂！

su ji ssi neun tteokkkuk deu syeosseo yo
수지 씨는 떡국 드셨어요?
秀智妳有吃年糕湯嗎？

a ni yo eom ma ga kkeu ryeo ju sin tteok kku ki meok kko si peo yo
아니요. 엄마가 끓여 주신 떡국이 먹고 싶어요.
沒有，我想吃我媽煮的年糕湯。

單字與片語

새해 新年	**나이를 먹다** 年紀增長（上歲數）
복 福、福氣	**떡국** 年糕湯（韓國過年食物）
많이 多	**끓이다** 煮
받다 收	**- (으) 세요** 請～
살 歲	

補充單字：

各種節日的祝福語，韓語怎麼說？

如果要慶祝某節日的時候，可以套用這個句型。

즐거운 / 행복한 / 기쁜 + 節目名字 + 되세요 / 보내세요.

例句

jeul geo un baelreon ta in de i doe se yo
· **즐거운 밸런타인데이 되세요.** 情人節快樂。

haeng bo kan hwa i teu de i bo nae se yo
· **행복한 화이트데이 보내세요.** 白色情人節快樂。

gi ppeun seu seung ui nal doe se yo
· **기쁜 스승의 날 되세요.** 教師節快樂。

haeng bo kan eo meo ni nal bo nae se yo
· **행복한 어머니날 보내세요.** 母親節快樂。

台灣重要的國定紀念日與節日

설 (날) 春節（農曆正月初一）

원소절 元宵節（農曆正月十五）

어린이날 兒童節（四月四日）

노동절 勞動節（五月一日）

어머니날 母親節（五月第二個星期日）

단오 端午節（農曆五月五號）

단오절 端午節

중원절 中元節（農曆七月十五）

아버지날 父親節（八月八日）

한가위 / 추석 （秋夕）中秋節（農曆八月十五）

스승의날 教師節（九月二十八日）

중화민국국경일 雙十節（十月十日）（中華民國國慶日）

「別哭了」的韓語怎麼說？

ul ji ma se yo
울지 마세요.

對話 ♪ 49

mu seun ni ri e yo　　wae u reo yo
무슨 일이에요? 왜 울어요?
有什麼事嗎？為什麼哭了？

hal meo ni kke seo　do ra ga syeot ttae yo　　i tta ga bwa ya hae yo
할머니께서 돌아가셨대요. 이따 가 봐야 해요.
我的奶奶過世了，等下我一定要過去看看。

ma ni　sok ssang ha get jji man geu rae do　ul ji ma se yo
많이 속상하겠지만 그래도 울지 마세요!
雖然一定很傷心但還是不要哭了！

go ma wo yo　　ga yong ssi
고마워요. 가용 씨.
謝謝妳，佳容。

單字與片語

울다 哭	이따 等一下
무슨 일 什麼事	속상하다 傷心、沮喪
돌아가시다 過世	動詞＋지 말다 別～、勿～

80

「別擔心」的韓語怎麼說？

geokjjeong ha ji ma yo
걱정하지 마요.

對話 ♫ 50

jom gin jang i doe ne yo   eo tteo kae yo
좀 긴장이 되네요. 어떡해요.
有點緊張耶，怎麼辦。

nae il myeonjeop ttae mu ne geu rae yo
내일 면접 때문에 그래요?
是因為明天的面試在緊張嗎？

ne   ma ja yo   jom geokjjeong i doe ne yo
네, 맞아요. 좀 걱정이 되네요.
對，沒錯。有點擔心呢。

o ppa geokjjeong ha ji ma yo kkok bu teul kkeo ye yo   pa i ting
오빠, 걱정하지 마요. 꼭 붙을 거예요. 파이팅!
歐巴，別擔心。一定會被錄取的，加油！

單字與片語

긴장되다 緊張		걱정하다 擔心	
어떡하다 (= 어떻게 하다)　怎麼辦		붙다 合格、考上	
면접 面試		파이팅 加油	

職場篇

好想知道這句話的韓文是什麼？

「搭捷運上班」的韓語怎麼說?

ji ha cheol ro   chul geun hae yo
지하철로 출근해요.

對話 ♫ 51

chul geun hal ttae mwo ta yo
출근할 때 뭐 타요?
妳搭什麼上班的?

jeo neun ji ha cheol ro chul geun hae yo
저는 지하철로 출근해요.
我搭捷運上班。

geu rae yo   jeon o to ba i ro ga yo   ji ha cheo ri pyeol ri hae yo
그래요? 전 오토바이로 가요. 지하철이 편리해요?
是哦?我是騎機車去的,捷運方便嗎?

ne   a ju pyeol ri hae yo
네, 아주 편리해요.
是啊,非常方便。

單字與片語

출근하다 上班	**–(으)로** 用(手段、工具)
타다 坐、騎	**편리하다** 方便

 補充單字:**교통수단**(交通工具)

자동차 汽車	**비행기** 飛機	**버스정류장** 公車站
기차 火車	**자전거** 腳踏車	**터미널** 轉運站
버스 公車	**타다** 坐、騎	**기차역** 火車站
배 船	**운전하다** 開車	**노선도** 路線圖

字典找不到的韓國最新流行語：「地獄鐵」指的是什麼呢？

地獄鐵指的就是 지하철 （地下鐵）

ji ha cheol

不管是首爾還是台北，上下班時間的捷運人都很多，而且首爾和京畿道的市民平均上下班時間為 68 分鐘左右（據 2014 年 6 月調查），因此大家都覺得地下鐵跟地獄鐵（지옥철）沒什麼兩樣。

< 對話 >

A : 아침 출근 너무 힘들어요.

a chim chulgeun neo mu him deu reo yo

早上上班好累喔。

B : 왜요?

wae yo

為什麼？

A : 지하철에 사람이 너무 많아요. 지하철이 아니라 지옥 철이에요.

ji ha cheo re sa ra mi neo mu ma na yo ji ha cheo ri a ni ra ji ok cheo ri e yo

地下鐵人好多喔。不是地下鐵，而是地獄鐵。

< 單字 >

출근 上班
힘들다 吃力

 字典找不到的韓國最新流行語：

想要說「讚」，也可以說「엄지척」

想要說「讚」，也可以說「엄지척」

我們在前面學了「최고」，類似的意思還有「대박（大發）」，大家有聽過嗎？

而最近也出現「엄지척」這個新詞語，「엄지」指的是大拇指，「척」是形容把大拇指痛快地豎起來的樣子。因此若有人做事做得很讚，或是情況及東西很好的時候都可以使用這個詞。

「下班吧」的韓語怎麼說？

toe geun hae yo
퇴근해요.

對話 ♫ 52

beol sseo yeo seot ssi ye yo
벌써 여섯 시예요.
已經六點了。

u ri toe geun hae yo
우리 퇴근해요.
我們下班吧！

ha ji man bu jang ni mi a jik toe geu neul an ha syeot sseo yo
하지만 부장님이 아직 퇴근을 안 하셨어요.
但是部長還沒下班呢。

a bu jang nim neo mu si reo yo
아~ 부장님 너무 싫어요.
啊～部長好討厭喔！

小叮嚀：
「動詞＋아요 / 어요」的意思幾種？

這次學習的「**퇴근해요**」是下班的意思。但「**퇴근해요.**」若是語調不同，就有其他的意思。因為非格式體終結語尾「- 아요 / 어요」，會依語境的不同而產生不同的意思，共有四種句式，如以下：

陳述句：퇴근해요. 下班
疑問句：퇴근해요? 下班嗎？
命令句：퇴근해요. （請）下班。
共動句：（같이）퇴근해요. （一起）下班吧。

「天天聚餐」的韓語怎麼說？

mae il hoe si kae yo
매일 회식해요.

對話 ♫ 53

tae yang ssi sae ro gan hoe sa neun myeot ssi e toe geun hae yo
태양 씨, 새로 간 회사는 몇 시에 퇴근해요?
太陽，新的公司是幾點下班？

yeo seot ssi e toe geun hae yo ha ji man mae il hoe si geul hae seo
여섯 시에 퇴근해요. 하지만 매일 회식을 해서
yeo seot ssi e ji be gal ssu eop sseo yo
여섯 시에 집에 갈 수 없어요.
六點下班。但因為天天有聚餐，所以沒辦法六點回家。

mae il hoe si kae yo
매일 회식해요?
天天聚餐？

ne ma ja yo jeo hi bu jang ni mi hoe si guel neo mu jo a ha
네, 맞아요. 저희 부장님이 회식을 너무 좋아하
syeo seo mae il jeo nyeong meo kko no rae bang e ga yo
셔서 매일 저녁 먹고 노래방에 가요.
對啊，部長很喜歡聚餐，每天吃完晚餐後都會去KTV。

單字與片語

새로 新	**저녁** 晚餐
회식하다 聚餐	**노래방** KTV
부장님 部長	**動詞＋(으)ㄹ 수 없다** 不能～

「打工」的韓語怎麼說？

a reu ba i teu hae yo

아르바이트해요.

對話 ♫ 54

a reu ba i teu gyeongheom i sseo yo
아르바이트 경험 있어요?
妳有打工的經驗嗎？

eum nyo su ga ge e seo a reu ba i teu hae bwa sseo yo
음료수 가게에서 아르바이트해 봤어요.
我以前有在飲料店打工過。

geu rae yo jae mi i sseosseo yo
그래요? 재미있었어요?
是嗎？好玩嗎？

jae mi i sseot jji man jo geum him deu reo sseo yo
재미있었지만 조금 힘들었어요.
好玩，但有點累。

單字與片語

아르바이트 打工	**가게** 商店
경험 經驗	**재미있다** 有趣、好玩
음료수 飲料	**힘들다** 累

 字典找不到的韓國最新流行語

「아르바이트」是外來語，來自德文的「Arbeit」。
al ba hae yo
韓國年輕人覺得這句話太長，常會簡化說成「알바 (해요).」。

常用句型說明

V / Adj 지만　表示轉折的連接語尾

–지만 是表示轉折的連接語尾，位於兩個句子之間，是「但是、不過」的意思。若兩個句子間有轉折意思，就可用此連接語尾，讓兩個句子變為一個句子。舉例如下：

이 옷은 비싸요.（這件衣服有點貴）　+　정말 예뻐요.（真的很漂亮）

비 싸~~다~~ ＋지만

→ 이 옷은 비싸지만 정말 예뻐요. 這件衣服有點貴，但真的很漂亮。

제 남동생은 귀여워요.（我弟弟很可愛）　+　말을 안 들어요.（不聽話）

귀엽~~다~~ ＋지만

→ 제 남동생은 귀엽지만 진짜 말을 안 들어요. 我弟弟雖然可愛，但真的很不聽話。

✏️ **練習一下**　利用下列的單字來造句。

대만 台灣	키가 작다 個子矮	겨울 冬天	춥다 冷
어머니 媽媽	치마 裙子	예쁘다 漂亮	
키가 크다 個子高	길다 長	습하다 濕	

1） 媽媽個子很高，不過我很矮。

＿＿＿＿＿＿＿＿＿＿＿＿＿＿＿＿＿＿＿＿＿＿.

2） 這件裙子很漂亮，但有點長。

＿＿＿＿＿＿＿＿＿＿＿＿＿＿＿＿＿＿＿＿＿＿.

3） 台灣的冬天雖然不冷，不過很濕。

＿＿＿＿＿＿＿＿＿＿＿＿＿＿＿＿＿＿＿＿＿＿.

答案
1）어머니는 키가 크지만 저는 키가 작아요　2）이 치마는 예쁘지만 좀 길어요
3）대만의 겨울은 안 춥지만 습해요

「被炒魷魚了」的韓語怎麼說？

hoe sa e seo jjal ryeo sseo yo
회사에서 짤렸어요.

對話 ♫ 55

tae yang ssi ga eo je hoe sa e seo jjal ryeo sseo yo
태양 씨가 어제 회사에서 짤렸어요.
太陽昨天被炒魷魚了。

eo meo na gwaen cha na yo tae yang ssi
어머나, 괜찮아요? 태양 씨.
天哪！太陽，你沒事吧？

gwaen cha na yo hoe sa gyeongyeong a kwa ro eo jjeol ssu ga eop sseo
괜찮아요. 회사 경영 악화로 어쩔 수가 없었
sseo yo
어요.
沒事，因為公司經營不善，沒有其他的辦法了。

geu reo kun yo je ga ma sin neun jeom sim sal kke yo gi bun jeon hwan
그렇군요. 제가 맛있는 점심 살게요. 기분 전환
ha reo ga yo
하러 가요.
原來如此，我請你吃好吃的午餐，來去散散心吧。

單字與片語

회사에서 짤리다 被炒魷魚	어쩔 수가 없다 沒辦法
경영 악화 經營不善	기분 전환하다 散散心、調適心情

「跳槽到更好的公司了」
的韓語怎麼說？

deo jo eun jik jjang eu ro i ji kae sseo yo
더 좋은 직장으로 이직했어요.

對話 ♫ 56

yo jeum eol gul bo gi him deu reo yo ma ni ba ppa yo
요즘 얼굴 보기 힘들어요. 많이 바빠요?
最近很難見到妳耶，很忙嗎？

ne yo jeum i ji kae seo jom ba ppa yo
네, 요즘 이직해서 좀 바빠요.
是啊，最近換了工作，所以有點忙。

geu rae yo sae jik jjang eun eo ttae yo
그래요? 새 직장은 어때요?
是喔？新工作怎麼樣？

i jeon jik jjang bo da jo a yo wol geu bi jo geum deo ma na yo
이전 직장보다 좋아요. 월급이 조금 더 많아요.
比以前的工作好，月薪多了一點。

單字與片語

직장 職場、工作	**힘들다** 累	**名詞 + (으)로** 往～
이직하다 換工作、跳槽	**새** 新	
얼굴 臉	**이전** 以前	

📖 補充單字：**회사 생활**（公司生活）

월급 인상 加薪	**초과 근무、야근**（夜勤）加班
주오일근무제（週五日勤務制）週休二日	**잔업**（殘業）加班
연말 보너스 年終獎金	**송년회**（送走過去的一年）送年會
승진 升遷	**퇴직금** 退休金

「找到工作了」的韓語怎麼說？

jik jjang eul　gu hae sseo yo
직장을 구했어요.

對話 🎵 57

tae yang ssi　　jik jjang eun　gu hae sseo yo
태양 씨, 직장은 구했어요?
太陽，你找到工作了嗎？

a ji gi yo　mae il　gu jik ssa i teu reul geom sae kae yo　geu ri go
아직이요. 매일 구직사이트를 검색해요. 그리고
oe gu geo do　bae u go　i sseo yo
외국어도 배우고 있어요.
還沒呢，我天天在搜求職網站，也在學習外語呢。

tae yang ssi neun　jo eun　jik jjang eul　gu hal geo ye yo
태양 씨는 좋은 직장을 구할 거예요.
你會找到好工作的。

go ma wo yo
고마워요.
謝謝妳。

單字與片語

직장 職場、工作	**구직** 求職	**외국어** 外語
구하다 求	**사이트** 網站、網頁	

 補充單字：**구직**（求職）

이력서 履歷	복지 福利	월급 月薪
면접 面試	고용보험 勞保	연봉 年薪
대우 待遇	건강보험 健保	
휴가 休假	출장 出差	

「我想去韓國打工度假」
的韓語怎麼說?

han gu ge wo king hol ri de i reul ga go si peo yo
한국에 워킹홀리데이를 가고 싶어요.

對話 ♫ 58

ga yong ssi neun il ryeon dwi e mwo ha go si peo yo
가용 씨는 1년 뒤에 뭐 하고 싶어요?
佳容,妳一年後想做什麼?

jeo neun han gu ge wo king hol ri de i reul ga go si peo yo
저는 한국에 워킹홀리데이를 가고 싶어요.
我想去韓國打工度假。

geu rae yo wae yo
그래요? 왜요?
是喔?為什麼?

a reu ba i teu do ha myeon seo han gu geo reul bae u go si peo yo
아르바이트도 하면서 한국어를 배우고 싶어요.
我想一邊打工一邊學習韓語。

單字與片語

뒤 後	**아르바이트를 하다** 打工
워킹홀리데이 打工度假	**動詞 1+（으）면서+動詞 2**
졸업하다 畢業	一邊 V1 ～ 一邊 V2

「好吵」的韓語怎麼說？

si kkeu reo wo yo
시끄러워요.

對話 ♩ 59

gi bu ni an jo a yo
기분이 안 좋아요.
我心情不好。

wae yo mu seun ni ri sseo yo
왜요? 무슨 일 있어요?
怎麼了？有什麼事嗎？

ne sa jang nim jeon hwa tong hwa ga neo mu si kkeu reo wo yo
네, 사장님 전화 통화가 너무 시끄러워요.
對啊，老闆講電話太吵了。

i reon bang beo bi eom ne yo
이런… 방법이 없네요.
這樣子啊，也沒辦法呀。

單字與片語

시끄럽다	吵、吵鬧	전화	電話
기분	心情	통화	通話
좋다	好	이런	這樣地
안	不	방법	方法
사장님	社長、老闆		

「不要臉」的韓語怎麼說？

ppeonppeon hae yo
뻔뻔해요.

對話 ♫ 60

u ri hoe sa bu jang nim jeong mal ppeonppeon hae yo
우리 회사 부장님 정말 뻔뻔해요.
我們公司的部長真的很不要臉。

mu seun nil i sseosseo yo
무슨 일 있었어요?
發生了什麼事嗎？

hoe sa e seo nat jja meul se si gan ja go il do an hae yo
회사에서 낮잠을 세 시간 자고, 일도 안 해요.
jeon jeong mal i hae ga an ga yo
전 정말 이해가 안 가요.
他在公司睡了三小時的午覺，也都不做事，我真的是無法理解。

jeo do i hae ga an ga ne yo
저도 이해가 안 가네요.
我也沒辦法理解。

單字與片語

회사 公司	낮잠 (을) 자다 睡午覺
부장님 部長	세 시간 三小時
뻔뻔하다 不要臉、厚臉皮	일 (을) 하다 辦公、做事
무슨 일 什麼事	이해 了解、理解

「怎麼辦」的韓語怎麼說？

eo tteo kae yo
어떡해요.

對話 🎵 61

eu ak　　eo tteo kae yo
으악! 어떡해요?
啊！怎麼辦？

wae geu rae yo
왜 그래요?
怎麼了？

nae il　bo go seo reul　a jik　da　mot sseosseo yo
내일 보고서를 아직 다 못 썼어요.
明天的報告還沒寫完。

ji geum ppal ri　sseo yo　　a jik　si gan　i sseo yo
지금 빨리 써요. 아직 시간이 있어요.
現在趕快寫，還有時間呢。

單字與片語

어떻게 怎麼	보고서 報告
어떡해요 怎麼辦	아직 還
(어떻게 해요 的縮寫)	다 都、全部
해요 做	지금 現在
내일 明天	쓰다 寫

「快瘋掉了」的韓語怎麼說？

mi chi ge sseo yo
미치겠어요.

對話 ♫ 62

yo jeum neo mu ba ppa yo
요즘 너무 바빠요.
最近太忙了。

jeo do yo i ri neo mu ma na seo mi chi ge sseo yo
저도요. 일이 너무 많아서 미치겠어요.
我也是，工作好多，快瘋掉了。

ga yong ssi do geu rae yo geu rae do mi chi ji neun ma se yo
가용 씨도 그래요? 그래도 미치지는 마세요.
ha ha ha
하하하…
佳容妳也是嗎？但還是不要瘋掉喔，哈哈哈…

nong da mi e yo
농담이에요.
開玩笑的。

單字與片語

요즘 最近	**많다** 多
바쁘다 忙	**미치다** 瘋
일 事情、工作	**농담** 開玩笑
너무 太	

「心情好糟」的韓語怎麼說？

gi bu ni choi a gi e yo
기분이 최악이에요.

對話 ♫ 63

hwa jang si re seo gim sil jjang i je hyung eul bo neun geo seul deu reo
화장실에서 김실장이 제 흉을 보는 것을 들었
sseo yo gi bu ni jeong mal choi a gi e yo
어요. 기분이 정말 최악이에요.
我在廁所聽到金室長在說我的壞話，心情真的好糟喔。

jeong ma ri yo gim sil jjang i yo
정말이요? 김실장이요?
真的嗎？是金室長？

ne jeong mal i hae ga an doe ne yo
네, 정말 이해가 안 되네요.
對啊，真的無法理解。

su ji ssi gi bu ni jeong mal na ppeu ge sseo yo
수지 씨 기분이 정말 나쁘겠어요.
秀智妳心情不好是應該的。

單字與片語

흉을 보다 說壞話、說長道短	**이해가 안 되다** 無法理解
최악 最壞、最糟糕	**안 되다** 不行
실장 室長	

「我真的受夠了」的韓語怎麼說？

cha meul man keum cha ma sseo yo
참을 만큼 참았어요.

對話 ♩ 64

jeo jeong mal cha meul man keum cha ma sseo yo   i hoe sa geu man dul
저 정말 참을 만큼 참았어요. 이 회사 그만둘
kkeo ye yo
거예요.
我真的受夠了，我要辭掉這份工作。

mu seun nil i sseo yo   su ji ssi
무슨 일 있어요? 수지 씨.
秀智，發生什麼事了嗎？

il jju il nae nae ya geunhaenneun de   sa jang i   ju ma re do
일주일 내내 야근했는데, 사장이 주말에도
geun mu ha rae yo
근무하래요.
整個禮拜都在加班了，老闆還叫我週末也要上班。

geu hoe sa jeong mal neo mu ha ne yo   su ji ssi neo mu pi gon ha
그 회사 정말 너무하네요. 수지 씨 너무 피곤하
ge sseo yo
겠어요.
那間公司真的好過分喔，妳應該很累吧。

單字與片語

참다 忍	주말 週末
그만두다 放棄	근무하다 工作
일주일 一個禮拜、一週	너무하다 過分
내내 一向、一直	動詞＋（으）ㄹ 만큼 表示某種程度
야근하다 （晚上）加班	

「月薪不夠用」的韓語怎麼說？

wol geu bi mo ja ra yo
월급이 모자라요.

對話 🎵 65

ha a a　　　i beon dal do wol geu bi mo ja ra yo
하아아~~~ 이번 달도 월급이 모자라요.
啊啊啊～～～這個月的月薪也不夠用。

geu rae yo　wae geu reon geot ga ta yo
그래요? 왜 그런 것 같아요?
是哦，為什麼會這樣呢？

je ga gye hoe geop ssi do neul sseuneun geot ga ta yo
제가 계획없이 돈을 쓰는 것 같아요.
好像是我都在亂花錢。

geu reom ga gye bu reul sseo bo se yo do u mi doel geo ye yo
그럼 가계부를 써 보세요. 도움이 될 거예요.
那就試看看記帳，應該會有幫助的。

單字與片語

이번 달 這個月	돈을 쓰다 花錢
월급 月薪	가계부를 쓰다 記帳
모자라다 不夠、不足、缺	도움이 되다 有幫助
계획없이 沒有計畫地	

「這個月的薪水都花光光了」
的韓語怎麼說？

i beon dal wol geu beul tta sseo sseo yo
이번 달 월급을 다 썼어요.

對話 ♫ 66

ji nan dal si nyong ka deu reu neo mu ma ni sa yong hae seo do neul
지난달 신용카드를 너무 많이 사용해서 돈을
da sseosseo yo
다 썼어요.
上個月信用卡刷太多了，錢都花光光了。

jeo do wan jeon geo ji ye yo
저도 완전 거지예요.
我也完全像個乞丐。

i beon da re neun u ri jeol ttae syo ping ha ji ma yo
이번 달에는 우리 절대 쇼핑하지 마요.
這個月我們千萬不要去逛街購物。

je ga je il jo a ha neun ge syo ping in de neo mu seul peo yo
제가 제일 좋아하는 게 쇼핑인데, 너무 슬퍼요.
我最喜歡的事情就是逛街了，好傷心喔。

單字與片語

이번 달 這個月	사용하다 使用
월급 月薪、薪水	완전 完全、簡直是
(돈을) 쓰다 花（錢）	거지 乞丐
지난달 上個月	슬프다 傷心
신용카드 信用卡	

娛樂篇

好想知道這句話的韓文是什麼？

「今天要吃什麼」的韓語怎麼說?

o neu reun mwo meo geul geo ye yo
오늘은 뭐 먹을 거예요 ?

對話 ♩ 67

o neul jeo nyeo ge neun mu eo seul meo geul kka yo　meok kko　si peun
오늘 저녁에는 무엇을 먹을까요? 먹고 싶은
eum si　gi reu meul yae gi hae bwa yo
음식 이름을 얘기해 봐요.
今天晚上要吃什麼呢?大家說說看想吃的菜吧。

jeo neun pa seu ta ga meok kko si peo yo
저는 파스타가 먹고 싶어요.
我想吃義大利麵。

jeo neun chi ki ni yo　jeo a pe chi kin jjip jeong mal ma si sseo yo
저는 치킨이요. 저 앞에 치킨집 정말 맛있어요.
我想吃炸雞,前面那家炸雞店真的很好吃。

jeo neun da jo a yo　su ji ssi neun mwo meok kko　si peo yo
저는 다 좋아요. 수지 씨는 뭐 먹고 싶어요?
我都喜歡。秀智妳想吃什麼?

單字與片語

음식 飲食	얘기하다 聊天
이름 名字	맛있다 好吃 (↔ 맛없다 難吃)

補充單字：**음식 이름**（食物名稱）

국수 麵條	**오무라이스** 蛋包飯
비빔밥 拌飯	**파스타** 義大利麵
볶음밥 炒飯	**리소토** 義式燉飯
잡채 韓式什錦炒冬粉	**피자** 披薩
김치찌개 泡菜鍋	**샐러드** 沙拉
부대찌개 部隊鍋	**빵** 麵包
돈까스 炸豬排	**케이크** 蛋糕
김밥 紫菜飯捲	**치킨** 炸雞
갈비탕 排骨湯	**자장면** 炸醬麵
설렁탕 雪濃湯	**떡볶이** 辣炒年糕
해물탕 海鮮湯	**붕어빵** 鯛魚燒
불고기 烤肉	**핫도그** 熱狗
회 生魚片	**어묵** 甜不辣
초밥 壽司	**호떡** 糖餅

 韓國飲食：**냉면**（冷麵）

날씨가 더울 때 뭐가 먹고 싶어요？
天氣很熱時會吃什麼？

망고빙수？ 시원한 탄산음료？ 아이스커피？
芒果冰？涼快的碳酸飲料？冰咖啡？

한국에서는 여름에 냉면을 먹어요.
在韓國夏天時會吃冷麵。

냉면은 물냉면과 비빔냉면 두가지가 있어요. 모두 다 맛있어요.
冷麵有分湯的跟乾的兩種。都很好吃。

냉면은 그냥 먹을 수도 있지만, 면발이 아주 쫄깃쫄깃해서 가위로 잘라 먹어도 돼요.
冷麵可以直接吃，但因為麵條非常Q，所以也能用剪刀剪來吃。

이 가위를 식가위라고 불러요. 음식을 자를 때만 쓰는 전용 가위예요.
這種剪刀叫做「식가위（食＋剪刀）」。是專門用來剪食物的剪刀。

「肚子很飽」的韓語怎麼說？

bae bul reo yo
배 불러요.

對話 ♫ 68

u ri ke i keu ha go cha ma syeo yo
우리 케이크하고 차 마셔요.
我們去吃蛋糕跟喝茶吧！

a ni yo jeon an gal rae yo
아니요. 전 안 갈래요.
不，我不去。

wae yo geo gi ke i keu jin jja ma si sseo yo
왜요? 거기 케이크 진짜 맛있어요.
為什麼？那裡的蛋糕真的很好吃。

ba beul ma ni meo geo seo bae bul reo yo
밥을 많이 먹어서 배 불러요.
因為吃了太多飯，肚子很飽。

單字與片語

케이크 蛋糕	**動詞＋(으) ㄹ래요** 想
차 茶	**많이** 很多

 補充單字：**디저트**（甜點）

초콜릿 巧克力	**빙수** 剉冰
사탕 糖果	**더우화** 豆花
아이스크림 冰淇淋	**에그 타르트** 蛋塔
마카롱 馬卡龍	

「好餓」的韓語怎麼說？

bae go pa yo

배 고파요.

對話 ♫ 69

neo mu bae go pa yo   ju geul geo ga ta yo

너무 배 고파요. 죽을 거 같아요.

肚子好餓喔，好像快要死掉了。

bap an meo geo sseo yo

밥 안 먹었어요?

妳沒有吃飯嗎？

ne ji ga beul an ga ji go na ga sseo yo

네, 지갑을 안 가지고 나갔어요.

對啊，我忘記帶錢包出門。

a i go yeo gi ppang i sseo yo i geo meo geo yo

아이고. 여기 빵 있어요. 이거 먹어요.

唉唷，我這裡有麵包，吃這個吧。

單字與片語

배 고프다 肚子餓	**가지다** 帶
죽다 死	**빵** 麵包
지갑 錢包	**動詞＋(으)ㄹ 것 같다** 好像快～

字典找不到的韓國最新流行語：

「맛점하세요」是什麼意思？

맛점하다是「맛있는 점심 식사하다（맛있다 好吃、점심 식사하다 吃午餐）」的縮寫，所以「맛점하세요」是「Enjoy your lunch.（好好享用午餐吧，祝你午餐愉快）」的意思。特別是年輕人傳 Kakao Talk 時很常使用。

< 對話 >

A：지금 몇 시예요?
現在幾點？

B：11시 45분이에요.
十一點四十五分。

A：와우~ 곧 점심 시간이에요!
WOW～午餐時間快到了！

B：맞아요! 맛점하세요~
對啊！祝你用餐愉快～

< 單字 >

지금 現在		분 分	
몇 幾		곧 馬上	
시 時、點			

「便當」的韓語怎麼說？

do si rak
도시락

對話 ♩ 70

ga yong ssi je ma eu mi e yo
가용 씨, 제 마음이에요.
佳容，這代表我的心。

i ge mwo ye yo do si ra gi ne yo ma sit kket tta
이게 뭐예요? 도시락이네요, 맛있겠다.
這是什麼？便當耶，一定很好吃。

da reun sa ram ju ji mal go hon ja meo geo yo
다른 사람 주지 말고 혼자 먹어요.
不要給別人，要一個人吃。

dangyeon ha ji yo o ppa ga mandeungeon de a kka wo seo na meul
당연하지요. 오빠가 만든건데 아까워서 남을
eo tteo ke jwo yo
어떻게 줘요.
那當然。歐巴做給我的，怎麼捨得給別人吃呢？

單字與片語

제 = 저의 我的	당연하다 當然
마음 心	아깝다 捨不得
이게 = 이것이 這個	남 別人

「**千萬不要暴飲暴食**」
的韓語怎麼說？

jeol ttae ro pok ssi ka ji ma se yo
절대로 폭식하지 마세요.

對話 ♪ 71

jeo do pok ssi ka go sip jji a na yo geu reon de meom chul ssu ga
저도 폭식하고 싶지 않아요. 그런데 멈출 수가
eop sseo yo eo tteo kae yo
없어요. 어떡해요!
我也不想暴飲暴食，但停不下來啊，怎麼辦呀！

yo jeum seu teu re seu ga ma na yo
요즘 스트레스가 많아요?
最近壓力大嗎？

ne hoe sa seu teu re seu ga jeok jji a na yo
네, 회사 스트레스가 적지 않아요.
嗯，公司的壓力不小。

u seon seu teu re seu reul pu reo ya hae yo u ri ga chi ja jeon geo
우선 스트레스를 풀어야 해요. 우리 같이 자전거
ta reo ga yo
타러 가요.
首先要先紓解壓力，我們一起去騎腳踏車吧。

單字與片語

절대로 千萬、絕對	**어떡하다** 怎麼辦
폭식 暴食、貪吃	**스트레스가 많다** 壓力很大
그런데 不過、但是	**스트레스를 풀다** 紓解壓力
멈추다 停	**자전거를 타다** 騎腳踏車

常用句型說明

V-지 말다　不要 V 了

前面所學的某些句子有「不要～了」的意思，有熟悉此句型了嗎？
這個句型實在太常用了，不能不學！

句型的變化方式如下：

놀다	＋	지 말다	＝	놀지 말다
玩		不要～		不要玩

這個句型本身已含有命令的意思，因此不能再加具過去或未來意思
的語法。
但句型後面會依照接的語尾而不一樣，如下表：

	語尾	變化後型式
V-아/어（요）	非格式體終結語尾（命令句）	놀지 마(요).
V-(으) 세요	非格式體終結語尾＋敬語	놀지 마세요.
V-(으) 십시오	格式體終結語尾（命令句）	놀지 마십시오.
V-고＋V	連接語尾（並列）	놀지 말고 공부해요.

例句：

가지 마. 不要走。
먹지 마요. 不要吃。
핸드폰을 사용하지 마세요. 請不要用手機。
도서관에서 큰 소리로 떠들지 마십시오. 請勿在圖書館大聲喧嘩。

✏️ **練習一下**　利用下列的單字來造句。

놀다 玩　　　　건너다 過　　　　낙서하다 塗鴉

1) 지금 길을 _____ 차가 와요. 請不要現在過馬路，有車來了。
2) 벽에 _____. 請不要在牆壁上塗鴉。
3) _____. 아직 숙제 안 했지? 빨리 숙제 먼저 하고 놀아.
不要再玩了。你還沒有寫功課吧？先寫完功課再玩。

答案
1) 건너지 마세요 2) 낙서하지 마세요 3) 놀지 마

ya sik meok kko si peo yo

야식 먹고 싶어요.

對話 ♫ 72

u ri ga chi ya sik meo geo yo   chi kin eo ttae yo
우리 같이 야식 먹어요! 치킨 어때요?
我們一起吃宵夜吧！炸雞怎麼樣？

jeo da i eo teu jung i e yo
저 다이어트 중이에요.
我在減肥呢。

da i eo teu neun nae il bu teo si ja ka se yo
다이어트는 내일부터 시작하세요.
減肥從明天再開始吧。

jo a yo   geu reom maek jju do si ki se yo
좋아요, 그럼 맥주도 시키세요!
好，那也點杯啤酒！

單字與片語

야식 宵夜	맥주 啤酒
다이어트 減肥	시키다 點
시작하다 開始	動詞＋고 싶다 想要做～

文化小知識
下雨天韓國人會想吃什麼？

例句：

비가 오는 날에는 무엇이 먹고 싶으세요？
下雨天時大家會想吃什麼呢？

한국 사람들은 비 오는 날 부침개를 먹고 싶어해요．
下雨時韓國人就會想吃煎餅。

비가 주룩주룩 내리는 날，부침개에 막걸리는 정말 환상이에요．
在雨嘩啦嘩啦下的日子裡，吃煎餅配米酒真的超級讚！

부침개도 종류가 많아요．
煎餅也分許多種。

무엇이 먹고 싶으세요？
想吃什麼呢？

單字與片語

김치부침개 泡菜煎餅	장떡 辣椒醬煎餅
해물부침개 (해물파전) 海鮮煎餅	감자전 馬鈴薯煎餅
부추부침개 韭菜煎餅	

「我愛喝珍奶」的韓語怎麼說？

je neun beo beul ti reul jjo a hae yo

저는 버블티를 좋아해요.

對話 🎵 73

dae ma ne neun eum nyo su ga jeong mal da yang hae yo
대만에는 음료수가 정말 다양해요.
台灣的飲料真的好多樣喔。

ma ja yo gi re seo eum nyo su ga ge reul channeun geo seun eo ryeop jji
맞아요. 길에서 음료수 가게를 찾는 것은 어렵지
a na yo
않아요.
對啊，要在街上找飲料店並不難。

jeo neun dae man beo beul ti reul jeong mal jjo a hae yo
저는 대만 버블티를 정말 좋아해요!
我超愛喝台灣的珍奶！

yo jeum han gu ge seo do dae man beo beul ti reul meo geul su i sseo yo
요즘 한국에서도 대만 버블티를 먹을 수 있어요.
最近在韓國也能喝到台灣的珍珠奶茶。

單字與片語

음료수 飲料		**찾다** 找	
길 街、路		**어렵다** 難	
가게 商店		**버블티** 珍珠奶茶	

「 **很甜** 」 的韓語怎麼說？

dal ko mae yo
달콤해요.

對話 ♫ 74

yeo gi wa seo i do neot jjom deu se yo
여기 와서 이 도넛 좀 드세요.
大家過來吃點甜甜圈。

u wa tae yang ssi i do neot jeong mal dal ko mae yo
우와! 태양 씨 이 도넛 정말 달콤해요.
哇！太陽，這甜甜圈真的很甜。

jeong mal ma si sseo yo ha na man deo meo geul kke yo o ppa neun wae
정말 맛있어요. 하나만 더 먹을게요. 오빠는 왜
an meo geo yo
안 먹어요?
真的很好吃，我要再吃一個。歐巴你為什麼不吃？

jeo neun do neot an jo a hae yo
저는 도넛 안 좋아해요.
我不喜歡甜甜圈。

單字與片語

도넛 甜甜圈（doughnut）
달콤하다 甜

補充單字：**맛（味道）**

시다 酸	**달다** 甜
레몬이 셔요. 檸檬很酸。	**멜론이 달아요.** 哈密瓜很甜。
쓰다 苦	**맵다** 辣
커피가 써요. 咖啡很苦。	**고추장이 매워요.** 辣椒醬很辣。
짜다 鹹	**싱겁다** 淡
소금이 짜요. 鹽巴很鹹。	**미역국이 싱거워요.** 海帶芽湯很淡。

※ **쓰다**（ㅡ 脫落）；**맵다**、**싱겁다**（ㅂ 不規則變化）

 字典找不到的韓國最新流行語：

「**간장남，간장녀**（醬油男，醬油女）」是什麼意思？

간장 是「醬油」的意思，那為什麼會出現「醬油男、醬油女」這種單字呢？其實這是來自於醬油的「鹹」味道。

간장은 짜요. 醬油很鹹。

最近「物價上漲就只有薪水不漲」的情況很多，在韓國也是一樣。因此有些人會變得很精打細算，買一樣東西也要去很多地方做比較，最後才買最便宜的。後來人們用「醬油」來形容這樣的人，因此才出現「**간장남、간장녀**」的說法。

저 사람은 짜요. 那個人很吝嗇。

（**짜다** 用來形容人時，是表示「吝嗇」的意思，為慣用說法）

「韓國人中秋節的時候吃什麼」
的韓語怎麼說？

han guk ssa ra meun chu seo ge mwo meo geo yo
한국 사람은 추석에 뭐 먹어요?

對話 ♫ 75

jo mi sseumyeon chu seo gi e yo u ri meo geo yo
좀 있으면 추석이에요. 우리 BBQ 먹어요.
快到中秋節了！我們來吃烤肉吧。

jo a yo dae man sa ram deu reun reul cham jo a hae yo
좋아요. 대만 사람들은 BBQ를 참 좋아해요.
好啊，台灣人真喜歡吃烤肉。

han guk ssa ram deu reun chu seo ge mwo meo geo yo
한국 사람들은 추석에 뭐 먹어요?
韓國人中秋節吃什麼？

han gu ge seo neun chu seo gi doe myeon on ga jok mo du mo yeo
한국에서는 추석이 되면 온가족 모두 모여
songpyeo neul meo geo yo seo re neun tteok kku keul meo geo yo
송편을 먹어요. 설에는 떡국을 먹어요.
在韓國中秋節的時候，會全家團圓並一起吃松餅。過年時
會吃年糕湯。

單字與片語

추석 （秋夕）中秋節	모이다 聚集
온 全部	송편 松餅
가족 家人	설 過年、春節
모두 都	떡국 年糕湯

台灣知名的觀光地、小吃、伴手禮用韓文怎麼說？

大城市及著名觀光地

中文	韓文	中文	韓文
台灣	타이완 / 대만	太魯閣	타이루거
台北	타이베이	日月潭	르웨탄
新北	신베이	阿里山	아리산
高雄	가오슝	陽明山	양밍산
台中	타이중	台北101	타이베이101（일공일）
台南	타이난	中正紀念堂	중정기념당
嘉義	쟈이	士林夜市	스린야시장
苗栗	먀오리	西門町	시먼딩
墾丁	컨딩	龍山寺	룽산쓰
宜蘭	이란	貓空纜車	마오쿵 곤돌라
花蓮	화롄	九份	지우펀
台東	타이둥	野柳	예류
澎湖	펑후다오	鶯歌	잉거
金門	진먼다오	平溪	핑시

＊若有其他想知道的地名，可到韓國的台灣觀光網站（http://tourtaiwan.or.kr/）查詢喔！

小吃

中文	韓文	中文	韓文
蚵仔煎	어와젠	鳳梨酥	펑리수 / 파인애플케이크
雞排	지파이	太陽餅	태양병
牛肉麵	뉴러우멘	芋頭酥	위터우쑤
小籠包	샤오롱빠오	芒果冰	망고빙수
滷肉飯	루러우판	珍珠奶茶	버블티
乾麵	간멘 / 비빔국수	綠茶	녹차
涼麵	량멘 / 량면	紅茶	홍차
炒飯	볶음밥	肉乾	러우간 / 육포
豬血糕	주쉐까오	滷味	루웨이

「去shopping」的韓語怎麼說？

syo ping hae yo
쇼핑해요.

對話 ♫ 76

o hu e mwo hal rae yo
오후에 뭐 할래요?
下午要做什麼？

u ri syo ping hae yo
우리 쇼핑해요~
我們去 Shopping 吧～

syo ping ga go si peo yo
쇼핑 가고 싶어요?
想買東西嗎？

ne o ta go ga bang sa yo
네, 옷하고 가방 사요.
對啊，買衣服和包包。

單字與片語

오후 下午	**가방** 包包
쇼핑하다 購物、買東西	**사다** 買
옷 衣服	

「今天百貨公司有打折」
的韓語怎麼說？

o neul bae kwa jeom se il hae yo
오늘 백화점 세일해요.

對話 ♫ 77

su ji ssi ji geum eo di ga yo
수지 씨, 지금 어디 가요?
秀智，妳現在要去哪裡？

o neul bae kwa jeom se il hae yo
오늘 백화점 세일해요.
今天百貨公司有打折。

geu rae yo eon je kka ji se il hae yo
그래요? 언제까지 세일해요?
是嗎？到什麼時候呀？

nae il kka ji yo sal geo i sseumyeon ga chi ga yo
내일까지요. 살 거 있으면 같이 가요.
到明天喔，如果你有什麼要買的也一起去吧。

單字與片語

백화점 百貨公司		**名詞+까지** 到～	
세일하다 打折		**살 거** 要買的東西	

「想買」的韓語怎麼說？

sa go si peo yo
사고 싶어요.

對話 🎵 78

eo je bae kwa jeo me ga sseo yo
어제 백화점에 갔어요.
我昨天去了百貨公司。

mwo sa sseo yo
뭐 샀어요?
買了什麼？

ye ppeun ha i hi reul ha na bwa sseo yo ha ji man neo mu bi ssa
예쁜 하이힐을 하나 봤어요. 하지만 너무 비싸
seo mot sa sseo yo
서 못 샀어요.
有看到一雙很漂亮的高跟鞋，但因為太貴了沒有買。

geu rae yo da si ga chi ga yo je ga sa jul kke yo
그래요? 다시 같이 가요. 제가 사 줄게요.
是嗎？再一起去吧，我買給妳。

單字與片語

예쁘다 漂亮	못 沒法、不能
하이힐 高跟鞋	사 주다 買給（你）
비싸다 貴	

對話 ♫ 79

o ppa i ko teu eo ttae yo ye ppeo yo
오빠, 이 코트 어때요? 예뻐요?
歐巴，這件外套怎麼樣？漂亮嗎？

geu jeo geu rae yo
그저 그래요.
還好。

jeong mal byeol ro an ye ppeo yo
정말 별로 안 예뻐요?
真的不怎麼樣嗎？

ye ppeo yo ha ji man u ri ha i hil sa reo wat jja na yo
예뻐요. 하지만 우리 하이힐 사러 왔잖아요.
sin bal bo reo gap ssi da
신발 보러 갑시다.
好看。不過我們不是要來買高跟鞋的嗎？我們去看鞋子吧。

單字與片語

코트 外套	動詞＋잖다 = 動詞＋지 않다 不是～
그저 그렇다 還好	신발 鞋子
별로 （與否定詞連用）不怎麼	

「CP值很高」的韓語怎麼說？

ga seong bi ga choe go ye yo
가성비가 최고예요.

對話 ♪ 80

jjam ppong jja jang myeon don ga seu i mo du ga chil cheon wo ni e
짬뽕, 짜장면, 돈가스 이 모두가 7000원이에
yo ga seong bi ga jeong mal choe go ye yo
요. 가성비가 정말 최고예요!
炒碼麵、炸醬麵、炸豬排，這三個全部才七千塊（韓元）
而已，CP 值真的很高！

su ji ssi neun eo tteo ke i reon sik ttang eul cha ja sseo yo
수지 씨는 어떻게 이런 식당을 찾았어요?
秀智，妳怎麼找到這樣的餐廳？

in teo ne se seo bwa sseo yo
인터넷에서 봤어요.
在網路上看到的。

jin jja ma si sseo yo na jung e tto wa yo
진짜 맛있어요. 나중에 또 와요.
真的非常好吃，我們下次再來吧。

單字與片語

가성비 = 가격 대비 성능비 (價格對比性能費)的縮寫	**짜장면** 炸醬麵
	돈가스 炸豬排
최고 最棒	**인터넷** 網路
짬뽕 炒碼麵	**나중에** 之後

i geon pum ji ri tteo reo jeo yo
- **이건 품질이 떨어져요.**

這個品質很差。

i geon pum ji ri jo a yo
- **이건 품질이 좋아요.**

這個品質很好。

je pu me ha ja ga i sseo yo
- **제품에 하자가 있어요.**

產品有瑕疵。

bul ryang pu meul ba da sseo yo
- **불량품을 받았어요.**

我收到不良品。

kyo hwa ni na hwan bul dwae yo
- **교환이나 환불 돼요?**

可不可以換別的產品或者退錢呢？

go jang i na sseo yo mu sang su ri dwae yo
- **고장이 났어요. 무상 수리 돼요?**

故障了，可以免費修理嗎？

ba ji ga jom gi reo yo su seonhae ju se yo
- **바지가 좀 길어요. 수선해 주세요.**

褲子有點長，請幫我修改。

nae il cha jeu reo o se yo
- **내일 찾으러 오세요.**

請明天過來拿。

taekppae ro bo nae ju se yo
- **택배로 보내 주세요.**

請寄宅配給我。

taekppaeneun eon je do cha kae yo
- **택배는 언제 도착해요?**

宅配什麼時候會到呢？

「一次付清，分期付款」
的韓語怎麼說？

<small>il si bu ri yo a ni myeon hal bu yo</small>
일시불이요, 아니면 할부요?

對話 ♫ 81

<small>hyu dae jeon hwa hal bu do a jik an kkeun nan neun de go jang i</small>
휴대전화 할부도 아직 안 끝났는데 고장이
<small>na sseo yo</small>
났어요.
手機的分期付款還沒繳完，就壞掉了。

<small>eo tteo kae yo su ri bo nael geo ye yo</small>
어떡해요? 수리보낼 거예요?
怎麼辦？要送修嗎？

<small>beol sseo mu reo bwa sseo yo su ri hal su eop ttae yo da si ha na</small>
벌써 물어봤어요. 수리할 수 없대요. 다시 하나
<small>sa ya hae yo</small>
사야 해요.
已經問過了，沒辦法修理，只能再買一支了。

<small>geu reom i beo ne do hal bu ro sal geo ye yo</small>
그럼 이번에도 할부로 살 거예요?
那麼這次還要分期付款嗎？

單字與片語

일시불 一次付清	**고장나다** 壞
할부 (지불) 分期付款	**수리하다** 修理
휴대전화、휴대폰、핸드폰 手機	**수리보내다** 送修
아직 還	

「排隊」的韓語怎麼說？

ju reul seo yo
줄을 서요.

對話 ♩ 82

yeo gi yang kko chi ga jeong mal ma si sseo meo geul rae
여기 양꼬치가 정말 맛있어. 먹을래?
這家的羊肉串真的很好吃，你要不要吃？

geu rae geun de ju ri neo mu gil da
그래? 근데 줄이 너무 길다.
是嗎？不過排隊的人好多。

yeo gi gi bon dae gi si ga ni sam sip ppu ni ya
여기 기본 대기 시간이 삼십 분이야.
這裡基本的排隊時間就是三十分鐘。

nan jul seo neun geo si reo na jung e ga ja
난 줄 서는 거 싫어. 나중에 가자.
我不喜歡排隊，以後再去吧。

單字與片語

줄 線、行列	대기 等待
서다 站	시간 時間
양꼬치 羊肉串	싫다 討厭、不喜歡
길다 長	나중에 之後
기본 基本	

「坐火車去旅行吧」
的韓語怎麼說？

gi cha ta go yeo haeng hae yo
기차 타고 여행해요.

對話 ♩ 83

yo jeum neo mu sim sim hae yo
요즘 너무 심심해요.
最近太無聊了。

geu rae yo geu reom yeo haeng eo ttae yo
그래요? 그럼 여행 어때요?
是嗎？那麼去旅行如何呢？

jo a yo gi cha ta go yeo haeng hae yo
좋아요. 기차 타고 여행해요!
好啊，坐火車去旅行吧！

geu reom reul ta go ga o syung e ga yo
그럼 HSR을 타고 가오슝에 가요.
那麼我們搭高鐵去高雄吧！

單字與片語

심심하다 無聊	**타다** 坐、騎
그럼 那麼	**HSR** 高鐵（High Speed Rail）
여행 旅行	**가오슝** 高雄（地名）
기차 火車	

「想去賞楓葉」的韓語怎麼說？

dan pung no ri ga go si peo yo
단풍놀이 가고 싶어요.

對話 ♫ 84

ga eu ri wa sseo yo
가을이 왔어요.
秋天到了。

han guk ga eu reun cham ye ppeo yo
한국 가을은 참 예뻐요.
韓國的秋天真漂亮！

ma ja yo si wo ri doe myeon dan pung no ri ga neun sa ra mi
맞아요. 10월이 되면 단풍놀이 가는 사람이
ma na yo
많아요.
對啊！一到十月就會有許多人去賞楓。

jeo do dan pung no ri ga go si peo yo
저도 단풍놀이 가고 싶어요.
我也想去賞楓。

u ri nae nyeo ne ga chi nae jang sa ne ga yo nae jang sa ne
우리 내년에 같이 내장산에 가요. 내장산의
dan pung i a ju yu myeong hae yo
단풍이 아주 유명해요.
我們明年一起去內藏山吧，那裡的楓葉非常有名。

單字與片語

단풍 紅葉、楓葉	**내년** 明年
놀이 遊戲、玩耍	**내장산** 內藏山
가을 秋天	**유명하다** 有名
名詞＋이/가 되다 到N～	

「笑一下」的韓語怎麼說？

u seo yo
웃어요.

對話 ♫ 85

yeo gi neo mu ye ppeo yo
여기 너무 예뻐요.
這裡真漂亮。

jeo yeo gi e seo sa jin jjik kko si peo yo
저 여기에서 사진 찍고 싶어요.
我想在這裡拍張照片。

geu rae yo jeo gi seo bo se yo u seo yo jjik sseum ni da
그래요? 저기 서 보세요. 웃어요~ 찍습니다!
ha na dul set
하나, 둘, 셋!
是嗎？那站在那裡吧。笑一個～ 我要拍囉！一，二，三！

go ma wo yo
고마워요.
謝謝。

單字與片語

웃다 笑	**사진 (을) 찍다** 拍照
예쁘다 漂亮	**저기** 那裡
여기 這裡	**서다** 站

 字典找不到的韓國最新流行語：「自拍」的韓語怎麼說？

自拍的韓語是 **셀카**，源自於「**셀프 카메라（self camera）**」，是將兩個單字的字頭縮寫而成。喜歡自拍的人則稱為「**셀카족（自拍族）**」。

「Say Cheese」的韓語怎麼說？

ha na　dul　set　　gim chi
하나, 둘, 셋! 김치~

對話 ♩ 86

jji keul kke yo　　ha na　　dul　　set　gim chi
찍을게요. 하나, 둘, 셋! 김치~
我要拍囉。一，二，三！泡菜～

go ma wo yo　　geu reon de kkok　gim chi　　ra go　mal hae ya　hae yo
고마워요. 그런데 꼭 "김치" 라고 말해야 해요?
謝謝，不過一定要說「泡菜」嗎？

a　ni yo　　chi jeu　　na　wi seu ki　do dwae yo
아니요. "치즈" 나 "위스키" 도 돼요.
不用。也可以說「起司」或「威士忌」。

a　　geu reo kun nyo　jae mi　i sseo yo
아~ 그렇군요. 재미있어요.
喔～原來如此，真有趣。

單字與片語

김치 泡菜	치즈 起司	그렇다 那樣
꼭 一定	위스키 威士忌	

 這些話也超級實用，一起來學吧！

sa ji neul jji geo yo
· **사진을 찍어요.** 拍照。
wu seo yo　　　wu seu se yo
· **웃어요. / 웃으세요.** 笑一個。
sa jin jom jji geo ju se yo
· **사진 좀 찍어 주세요.** 請幫我拍一下照。

「做運動」的韓語怎麼說？

un dong hae yo
운동해요.

對話 ♫ 87

ju ma re mwo hae
주말에 뭐해?
周末做些什麼？

na neun bo tong un dong hae
나는 보통 운동해.
我通常會做運動。

mu seun un dong hae
무슨 운동해?
做什麼運動？

jo ging hae
조깅해.
慢跑啊。

單字與片語

주말 周末	조깅하다 慢跑
보통 普通、通常、一般	

補充單字：運動種類和搭配的動詞

中文	韓文		
	名詞	助詞	動詞
踢足球	축구	을 / 를	하다
打棒球	야구		
打籃球	농구		
做跆拳道	태권도		
打排球	배구		
跑步	달리기		
慢跑	조깅		
游泳	수영		
打羽毛球	배드민턴		치다
打網球	테니스		
打壁球	스쿼시		
打高爾夫球	골프		
騎腳踏車	자전거		타다
溜冰	스케이트		
溜直排輪	인라인스케이트		

「紓解壓力」的韓語怎麼說？

seu teu re seu reul pu reo yo
스트레스를 풀어요.

對話 ♫ 88

o neul jeo nyeo ge mwo hal kka yo
오늘 저녁에 뭐 할까요?
今天晚上要做什麼？

u ri no rae bang e ga yo
우리 노래방에 가요.
我們去KTV吧。

no rae bang e ja ju ga yo
노래방에 자주 가요?
妳常去KTV嗎？

ne jeo neun no rae ro seu teu re seu reul pu reo yo o ppa do
네, 저는 노래로 스트레스를 풀어요. 오빠도
no rae jo a hae yo
노래 좋아해요?
嗯，我都藉著唱歌來紓壓～歐巴你也喜歡唱歌嗎？

ne jeo do a ju jo a hae yo
네, 저도 아주 좋아해요.
嗯，我也非常喜歡。

單字與片語

스트레스 壓力（stress）	**노래방** KTV
풀다 解開、緩解、紓解	**자주** 經常
저녁 晚上	

字典找不到的韓國最新流行語：

「非常不會跳舞的人」怎麼說呢？

「몸」是身體的意思，「치」是漢字詞「癡」，兩個詞合在一起的意思就是：再怎麼努力學跳舞，還是都無法跳好的人。

當然也可以使用在別的地方，如：不會唱歌的人稱為「음치（音癡）」，時常迷路、不會認路的人稱為「길치（路癡）」。

< 對話 >

jeon mom chi ji man chu meul jo a hae yo
· 전 몸치지만 춤을 좋아해요.
雖然我是舞痴，但我很喜歡跳舞。

eu mangman na o myeon jeo jeol ro chu meul chu go si peo jyeo yo
· 음악만 나오면 저절로 춤을 추고 싶어져요.
只要一聽到音樂，就會想跳舞。

yeo reo bun do ga chi chwo yo
· 여러분도 같이 춰요!
大家也一起跳吧！

< 單字 >

저절로 自然而然、自動地

「吸菸對身體不好」
的韓語怎麼說？

heu byeoneun mo me hae ro wo yo
흡연은 몸에 해로워요.

對話 ♫ 89

heu byeo ni mo me hae ro wo seo geu myeoneul ha go si peo yo
흡연이 몸에 해로워서 금연을 하고 싶어요.
抽菸對身體不好，所以我想要戒菸。

ma ja yo geu myeon hae ya dwae yo
맞아요. 금연해야 돼요.
對啊，是該要戒菸。

geu reon de jeong mal eo ryeo wo yo eo tteo kae yo
그런데 정말 어려워요! 어떡해요!
不過真的很難！怎麼辦！

u seon in teo ne se seo geu myeon bang beo beul geom sae kae bwa yo
우선 인터넷에서 금연 방법을 검색해 봐요.
首先先在網路上搜尋看看戒菸的方法吧。

單字與片語

흡연 吸菸、抽菸	**우선** 首先
몸 身體	**인터넷** 網路
해롭다 有害	**방법** 方法
금연 戒菸、禁止吸菸	**검색하다** 搜尋
動詞＋아 / 어야 되다 應該～	**動詞＋아 / 어 보다** 做～看看
어렵다 難	

戀愛篇

好想知道這句話的韓文是什麼？

「親愛的」的韓語怎麼說？
ja gi ya
자기야

對話 ♫ 90

ja gi ya   o neul ma sin neun geo meo geo yo   eo ttae yo
자기야, 오늘 맛있는 거 먹어요. 어때요?
親愛的，今天來吃點好吃的，如何？

jo a yo   jeo gi han sik jjip   eo ttae yo
좋아요. 저기 한식집 어때요?
好啊，那邊的韓式餐廳如何？

jeo jim ma si sseo yo   jeo neun   bi bim ppam meo geul rae yo
저 집 맛있어요. 저는 비빔밥 먹을래요.
那家很好吃，我要吃拌飯。

ga yong ssi ga   bi bim ppam meo geu myeon jeo do   bi bim ppam meo geul
가용 씨가 비빔밥 먹으면 저도 비빔밥 먹을
rae yo
래요.
佳容妳要吃拌飯的話我也要吃拌飯。

單字與片語

오늘	今天	어떻다	怎麼、如何
맛있다	好吃	한식집	韓式料理餐廳
맛있는 거	好吃的	비빔밥	拌飯
먹다	吃		

「撲通撲通」的韓語怎麼說？

du geun du geun
두근두근

對話 ♫ 91

dang si neul cheo eum bon geu sun gan bu teo ga seu mi du geun du geun
당신을 처음 본 그 순간부터 가슴이 두근두근
hae sseo yo
했어요.

從第一次看到妳的那瞬間起我的心就撲通撲通地跳。

geu rae sseo yo jeo do yo
그랬어요? 저도요.

是嗎？我也是。

sa si reun ji geum do du geun du geun hae yo
사실은 지금도 두근두근해요.

其實我現在也在撲通撲通地跳。

kkya a
꺄아~

啊～（尖叫聲）

單字與片語

당신	您	순간	瞬間
처음	第一次	가슴	心
보다	看	사실	其實
그	那	名詞+부터	從～

小叮嚀

前面所說的「**자기**」原本的詞性是代詞，是「自己」的意思，但現今的韓語中會在「**자기**」後加上「**야**」，意思就變成「親愛的」。意思相近的單字還有「**여보**（老公，老婆）」、「**베이비**（Baby）」、「**애기**（北鼻，寶貝）」、「**허니**（Honey）」等。

而後面加的「**아 / 야**」，是接在人名等名稱後，用來稱呼那名稱。舉例來說，**미영아!**（美英！），是在叫美英的時候使用。名詞以母音結尾時，使用「名詞＋**야**」，如：**명수야!**（明秀呀！）；名詞以子音結尾時，使用「名詞＋**아**」，如：**재석아!**（在石啊！）

小叮嚀

前面提到的 두근두근 _{du geun du geun} 是擬態詞，用來形容嚇一跳或因為緊張而心臟不斷跳動。相似的單字是 콩닥콩닥 _{kong dak kong dak}。

＜例句＞

제 가슴이 콩닥콩닥 뛰어요. _{je ga seu mi kong dak kong dak ttwi eo yo} 我的心在撲通撲通地跳。

對話 ♫ 92

o ppa cheot ssa rang eun nu gu ye yo
오빠, 첫사랑은 누구예요?
歐巴，你的初戀是誰呀？

wae yo gap jja gi cheot ssa rang eun wae mu reo bwa yo
왜요? 갑자기 첫사랑은 왜 물어 봐요?
怎麼？為什麼突然問初戀是誰？

neo mu gunggeum hae yo
너무 궁금해요!
好想知道喔～

a ra sseo yo nae cheot ssa rang eun ba ro dang si ni e yo
알았어요. 내 첫사랑은 바로 당신이에요.
知道了，我的初戀就是妳啊。

單字與片語

첫사랑 初戀	**궁금하다** 想知道、好奇	**묻다** 問
누구 誰	**알다** 知道	(묻＋어요→ 물어요)
갑자기 突然	**바로** 就是、正是	

小叮嚀

「**첫**」是「第一」或「初」的意思，所以「**첫사랑**」就是初戀的意思。以此類推可以知道其他單字如：

첫키스 初吻（키스 ＝ 吻）　　　　　　　　　**첫눈** 初雪（눈 ＝ 雪）
첫데이트 第一次約會（데이트 ＝ 約會）

「我想你」的韓語怎麼說？

bo go si peo yo
보고 싶어요.

對話 🎵 93

o ppa bo go si peo yo
오빠 보고 싶어요!
歐巴，我想你！
읽음
已讀

o neul do ha ru jong il bo go si peo sseo yo
오늘도 하루종일 보고 싶었어요.
今天一整天也都在想著你
읽음
已讀

eon je dae ma ne ol kkeo ye yo
언제 대만에 올 거예요?
什麼時候要來台灣？
읽음
已讀

jo geumman deo gi da ryeo ju se yo
조금만 더 기다려 주세요.
請再等我一下
읽음
已讀

jeo do bo go si peo yo
저도 보고 싶어요.
我也好想妳
읽음
已讀

單字與片語

하루종일 一天到晚、整天	**보고 싶다** 想念	**더** 更、再
빨리 快點	**조금** 一點點	**기다리다** 等
읽음 已讀	**名詞+만** 只～	**주다** 給

「想快點見面」的韓語怎麼說？

ppal ri man na go si peo yo
빨리 만나고 싶어요.

對話 ♫ 94

o ppa ppal ri o se yo neo mu bo go si peo yo
오빠, 빨리 오세요. 너무 보고 싶어요!
歐巴，快點來啊，好想你！

읽음
已讀

si ga ni neo mu cheoncheon hi ga ne yo
시간이 너무 천천히 가네요.
時間過得好慢喔

읽음
已讀

읽음
已讀

na do ppal ri man na go si peo yo
나도 빨리 만나고 싶어요.
我也想快點與妳見面

읽음
已讀

geu reon de i ri neo mu bap pa yo mi an hae yo
그런데 일이 너무 바빠요. 미안해요.
不過工作太忙了，對不起

單字與片語

하루종일 一天到晚、整天	보고 싶다 想念	더 更、再
빨리 快點	조금 一點點	기다리다 等
읽음 已讀	名詞+만 只～	주다 給

「請擁抱我」的韓語怎麼說？

a na ju se yo
안아 주세요.

對話 ♫ 95

ol hae gyeo u ri jeong mal chu wo yo
올해 겨울이 정말 추워요.
今年冬天真的很冷。

ma ni chu wo yo
많이 추워요?
很冷嗎？

ne kkok a na ju se yo
네, 꼭 안아 주세요.
對，請緊抱我吧。

yeo gi seo ji geum nyo
여기서? 지금요?
在這裡？現在？

an dwae yo wae yo
안돼요? 왜요?
不行嗎？怎麼？

單字與片語

올해	今年	꼭	緊緊；一定；剛好
겨울	冬天	여기	這裡
춥다	冷	지금	現在

「只有你」的韓語怎麼說？

neo ba kke eop sseo
너 밖에 없어.

對話 ♫ 96

o ppa bae go peu ji yo   i geo do si ra gi e yo   deu
오빠, 배 고프지요? 이거 도시락이에요. 드
se yo
세요.

歐巴，你肚子餓了吧？這是便當，吃吧。

eo tteo ke   je ga bae go peun jul   a rat jjo   yeok ssi   ga yong
어떻게 제가 배 고픈 줄 알았죠? 역시 가용
ssi ba kke eop sseo yo
씨밖에 없어요.

你怎麼知道我肚子餓？我果然只有佳容妳。

bam meo kko   ga chi   san chae kae yo
밥 먹고 같이 산책해요.

吃飽後我們一起散步。

geu rae yo   jo a yo
그래요, 좋아요!

嗯，好啊！

單字與片語

배 고프다 肚子餓	**역시** 果然
도시락 便當	**名詞＋밖에 없다** 只有～
드시다 「吃（먹다）」的敬語	**산책하다** 散步

「我全都買給你」的韓語怎麼說？

da sa jul ge yo
다 사 줄게요.

對話 ♩ 97

keu ri seu ma seu seon mul mwo gat kko si peo yo   da sa   jul ge yo
크리스마스 선물 뭐 갖고 싶어요? 다 사 줄게요.
想要什麼聖誕節禮物？我全都買給妳。

jeong mal ryo   jeo haen deu po neul ba kku go si peo yo
정말요? 저 핸드폰을 바꾸고 싶어요.
真的嗎？我想換手機。

ga yong ssi haen deu pon a jik go jang an na ji a na sseo yo
가용 씨 핸드폰 아직 고장 안 나지 않았어요?
妳的手機不是還沒壞嗎？

ne   a jing meoljjeong hae yo   geu reom geu nyang ga chi ma sin neun
네, 아직 멀쩡해요. 그럼 그냥 같이 맛있는
geo meo geo yo
거 먹어요.
對啊，它還好好的。那就一起吃一頓好料。

單字與片語

크리스마스 聖誕節	아직 還
선물 禮物	고장나다 故障、壞
갖다 具有、拿、取	멀쩡하다 好端端的、完好無缺的
다 都、齊、全都	動詞 + (으)ㄹ게요 表示約定或意
핸드폰 手機	志的終結詞尾

143

「很匹配」的韓語怎麼說？

jal eo ul ryeo yo
잘 어울려요.

對話 ♫ 98

ma ri ssi wa ma ri ssi nam ja chin gu neun jeong mal jal eo ul ryeo yo
마리 씨와 마리 씨 남자친구는 정말 잘 어울려요.
瑪莉跟她的男朋友真的很匹配。

ma ja yo jeong mal jal eo ul ri neun keo peu ri e yo
맞아요. 정말 잘 어울리는 커플이에요.
對啊，真的是很配的情侶。

geu reon de geu ge a ra yo du ri he eo jyeot ttae yo
그런데, 그거 알아요? 둘이 헤어졌대요?
不過，妳知道嗎？聽說他們倆分手了？

jin jja ye yo mi deul su eop sseo yo
진짜예요? 믿을 수 없어요.
真的假的？無法相信。

單字與片語

어울리다 匹配	헤어지다 分手	믿을 수 없다 無法相信
커플 情侶	진짜 真的	

補充說明

「잘 어울려요.」是「很匹配」的意思，另外也有「穿衣服／戴首飾很適合」的意思。
geu ot o ppa han te jal eo ul ryeo yo
그 옷 오빠한테 잘 어울려요.
哥哥很適合穿那件衣服。

「一見鍾情」的韓語怎麼說？

cheon nu ne ban hae sseo yo
첫 눈에 반했어요.

對話 ♫ 99

eo je keo pi syo be keo pi reu sa reo ga sseo
어제 커피숍에 커피를 사러 갔어.
我昨天去咖啡廳買咖啡。

geu rae seo
그래서?
所以呢？

geo gi jong eo bwo ni neo mu ye ppeo seo cheon nu ne ban hae sseo
거기 종업원이 너무 예뻐서 첫 눈에 반했어.
那裡的服務生實在是太漂亮了，我對她一見鍾情。

a i go
아이고!
哎唷！

單字與片語

커피숍 咖啡廳	예쁘다 漂亮	반하다 入迷
사러 가다 去買	첫 第一	
종업원 服務生	눈 眼睛	

 補充單字：**사랑（愛情）**

짝사랑 單戀	애인 情人
상사병 相思病	커플 情侶
이상형 理想型、理想情人	데이트 約會
남자친구（남친）/ 여자친구（여친）男朋友／女朋友	스토커 跟蹤狂

常用句型說明

V / Adj- 았 / 었어요　過去式（非格式體）

在非正式的說話情況下，如果要表達過去的動作或狀態，就使用「– 았 / 었어요」的語尾，使用此語尾時要先確認動詞或形容詞的語幹的母音。

規則如下：

動詞或形容詞的語幹以陽性母音（ㅏ，ㅗ）結尾就加–았어요
動詞或形容詞的語幹以其他母音結尾就加–었어요
屬於–하다 類的動詞或形容詞就加–였어요

動／形 基本型	+았 / 었 / 였어요	過程	完成
가다（去）	가＋았어요	가았어요	갔어요
오다（來）	오＋았어요	오았어요	왔어요
좋다（好）	좋＋았어요	-	좋았어요
먹다（吃）	먹＋었어요	-	먹었어요
마시다（喝）	마시＋었어요	마시었어요	마셨어요
하다（做）	하＋였어요	하였어요	했어요
공부하다（看書）	공부하＋였어요	공부하였어요	공부했어요

例句：

어제 백화점에 갔어요.　昨天去了百貨公司。
작년 가을에 한국을 여행했어요.　去年秋天去韓國旅行。
여기 논 케이크 누가 먹었어요?　放在這邊的蛋糕是誰吃了？

✏️ **練習一下**　利用下列的單字來造句。

> 자다 睡覺　　　　　하다 做　　　　　사다 買

1）지난 주에 핸드폰을 _____. 上個禮拜買了手機。
2）잘 _____. 你有睡好嗎？
3）요즘 운동을 안 _____. 最近沒有在運動。

答案
1）샀어요　2）잤어요　3）했어요

「他是我的菜」的韓語怎麼說？

nae seu ta i ri e yo
내 스타일이에요.

對話 ♫ 100

eo je su yeong gyo si re seo eo tteon nyeo ja reul bwa neun de jin jja
어제 수영 교실에서 어떤 여자를 봤는데 진짜
nae seu ta i ri ya
내 스타일이야.
我昨天在游泳課上看到一個女生，她完全就是我的菜。

geu rae eo tteon de
그래? 어떤데?
是嗎？怎樣的女生呀？

ye ppeo nae il go bae kal keo ya
예뻐. 내일 고백할거야.
很漂亮，我明天要跟她告白。

mwo ra go nae il go bae kan da go yae gi neun hae bwa sseo
뭐라고? 내일 고백한다고? 얘기는 해 봤어?
你說啥？明天告白？有跟她聊過天嗎？

a ni nae il hae bwa ya ji
아니. 내일 해 봐야지!
沒有，明天要試試看。

單字與片語

수영	游泳	스타일	型（style）
교실	教室	예쁘다	漂亮
진짜	真的	고백하다	告白
내 = 나의	我的	얘기하다	聊天

對話 🎵 101

i reo ke a neu myeon dwae yo
이렇게 안으면 돼요?
這樣抱就可以嗎？

ne o ppa se sang e seo dang sin pu mi je il tta tteu tae yo
네, 오빠. 세상에서 당신 품이 제일 따뜻해요.
是啊，歐巴。你的懷抱是這世界上最溫暖的。

geu reom i reo ke gye sok an kko i sseul rae yo
그럼 이렇게 계속 안고 있을래요.
那我要繼續這樣抱下去。

eon je kka ji yo ha ha ha
언제까지요? 하하하!
到什麼時候呀？哈哈哈！

單字與片語

세상 世上、世界		따뜻하다 溫暖	
당신 你、您		계속 繼續	
품 懷裡、懷抱		언제 什麼時候	
제일 第一、最		名詞＋까지 到～	

「你會撒嬌嗎」的韓語怎麼說？

ae gyo tteol jul a ra yo
애교 떨 줄 알아요?

對話 ♫ 102

ga yong ssi neun ae gyo tteol jul a ra yo
가용 씨는 애교 떨 줄 알아요?
佳容，妳會撒嬌嗎？

je teuk kki ga ae gyo tteo neun geo ye yo eo ttae yo gwi yeo wo yo
제 특기가 애교 떠는 거예요. 어때요? 귀여워요?
我的專長就是撒嬌，怎麼樣？可愛嗎？

heok jeong mal mu seo wo yo nam ja chin gu han ten na ha se yo
헉, 정말 무서워요. 남자친구한테나 하세요.
嚇？！好恐怖喔，妳跟妳男朋友撒嬌就好了。

su ji ssi mi wo yo
수지 씨, 미워요!
我討厭妳！

單字與片語

애교 (를) 떨다 撒嬌	무섭다 恐怖
특기 專長	밉다 討厭

「情書」的韓語怎麼說？

yeo nae pyeon ji
연애편지

對話 ♫ 103

yeo nae pyeon ji　ba da　bwa sse yo
연애편지 받아 봤어요?
你有沒有收過情書嗎？

jeo neun　han beon do　an　ba da　bwa sse yo　su ji　ssi neun yo
저는 한번도 안 받아 봤어요. 수지 씨는요?
我從來沒有收過。秀智妳呢？

jeo neun　eo je　han tong eul　ba da sseo yo
저는 어제 한 통을 받았어요.
我昨天收到一封情書。

eo meo na　nu ga　jwo sseo yo　dap jjang jul kkeo ye yo
어머나! 누가 줬어요? 답장 줄 거예요?
天哪！誰給的？妳要回信嗎？

hel sseu jang e seo　eo tteon nam ja ga　jwo sseo yo　je　ta i beun
헬스장에서 어떤 남자가 줬어요. 제 타입은
a ni e yo
아니에요.
在健身房的某個男生給我的，但他不是我的菜。

單字與片語

연애편지	情書	답장	回信
받다	收	헬스장	健身房
어제	昨天	타입	類型（type）
통	封（量詞）	動詞＋아/어 보다	表示「經歷」過
주다	給		

「天作之合」的韓語怎麼說？

chal tteok gung hap
찰떡궁합

對話 ♫ 104

jeo rang nam ja chin gu neun a ju chal tteokgung ha bi e yo
저랑 남자친구는 아주 찰떡궁합이에요.
我跟我男友簡直是天作之合。

geu rae yo eo tteon bu bu ni yo
그래요? 어떤 부분이요?
是嗎？哪個部分？

eum sik chwihyang do geu reo ko saeng gak tto bi si tae yo
음식 취향도 그렇고 생각도 비슷해요.
飲食習慣也是，想法也很像。

geu reon sa ram man na gi eo ryeop jji yo bu reo wo yo
그런 사람 만나기 어렵지요. 부러워요.
很難遇到那樣的人，好羨慕喔。

單字與片語

어떤 哪一個、什麼樣的	**생각** 想法
부분 部分	**비슷하다** 相似、類似
음식 飲食	**부럽다** 羨慕
취향 喜好、取向	

小叮嚀
찰떡궁합 中的「찰떡」是糯米糕，「궁합（宮合）」是「合八字、合婚」的意思，因此可用來形容兩人的關係非常密切、非常好。

「天生一對」的韓語怎麼說？

cheonsaengyeon bu ni e yo
천생연분이에요.

對話 ♫ 105

jeo nae il mi nu ssi ha go gong po yeong hwa bol geo ye yo
저 내일 민우 씨하고 공포영화 볼 거예요.
ga chi gal rae yo
같이 갈래요?
我打算明天要跟旻佑去看恐怖片，要不要一起去？

gong po yeong hwa yo jeon gong po yeong hwa an jo a hae yo
공포영화요? 전 공포영화 안 좋아해요.
恐怖片？我不太喜歡恐怖片。

geu rae yo jeo ha go mi nu ssi neun gong po yeong hwa ma ni a ye yo
그래요? 저하고 민우 씨는 공포영화 마니아예요.
是嗎？我跟他都是恐怖片迷。

mi nu ssi rang ga yong ssi neun jin jja cheonsaengyeon bu ni e yo
민우 씨랑 가용 씨는 진짜 천생연분이에요.
旻佑和妳真的是天生一對。

單字與片語

천생연분 (天生緣分)天生姻緣、天作之合、天生一對	**마니아** 迷（mania）
	진짜 真的
공포영화 恐怖電影、恐怖片	**名詞＋하고** 跟～

 補充單字：**영화 장르（電影種類）**

액션영화 動作片		**로맨스영화** 愛情片
무협영화 武俠片		**코미디영화** 搞笑片
추리영화 推理片		**다큐멘터리** 紀錄片

文化小知識
韓語「鯛魚燒」代表「夫妻的臉」?

鯛魚燒的韓語是 **붕어빵**，**붕어** 是鯽魚，**빵**是麵包，而鯛魚的韓語是 **도미** 。但為什麼「鯛魚燒」從日本傳到韓國後，會變成「鯽魚燒」呢？那是因為，對韓國人來說鯽魚是較常見的魚類。

另外，**붕어빵** 在韓語裡還有其他意思，如果兩個人長得一模一樣，中文會用「同一個模子刻出來」來形容，而韓文就是用 **붕어빵** 來形容喔。

例句：

요코 씨는 아버지하고 붕어빵처럼 꼭 닮았어요 .
陽子和他爸爸簡直就是從同一個模子刻出來的。

그 부부는 붕어빵이에요 .
那對夫妻有夫妻臉。

「墜入情網」的韓語怎麼說？

sa rang e ppa jyeo sseo yo
사랑에 빠졌어요.

對話 ♫ 106

na sa rang e ppa jyeo sseo
나 사랑에 빠졌어.
我墜入情網了。

tto i beo nen nu gu ya
또? 이번엔 누구야?
又？這次是誰呀？

i beo nen jin jja ya nae un myeong e ban jjo keul man nan geot ga ta
이번엔 진짜야. 내 운명의 반쪽을 만난 것 같아.
這次是真的，我好像遇到我命運的另外一半了。

a i go
아이고!
哎唷！

單字與片語

사랑 愛情	**또** 又	**운명** 命運
빠지다 落入；沉迷	**이번** 這次	**반쪽** 一半

 字典找不到的韓國最新流行語：「**금사빠**」是什麼意思？

"금사빠" 는 "금방 사랑에 빠지는 사람" 이란 뜻의 줄임말이에요.
「금사빠」是「很容易一見鍾情的人」的縮寫。

"금사빠" 는 금방 사랑에 빠지고 금방 질리는 특징이 있어요.
「금사빠」有很快愛上對方，但也很快就感到厭倦的特點。

「跟我結婚好嗎」的韓語怎麼說？

na wa gyeo ro nae jul rae
나와 결혼해 줄래?

對話 ♫ 107

ga yong na wa gyeol hon hae jul rae yo
가용, 나와 결혼해 줄래요?
佳容，跟我結婚好嗎？

eo meo o ppa jo a yo jeo do o ppa ha go pyeongsaeng eul
어머! 오빠, 좋아요. 저도 오빠하고 평생을
ham kke ha go si peo yo
함께하고 싶어요.
天啊！歐巴，好啊，我也想跟你在一起一輩子。

na do geu rae yo ga yong a sa rang hae
나도 그래요. 가용아, 사랑해.
我也是，佳容我愛妳。

jeo do sa rang hae yo
저도 사랑해요.
我也愛你。

單字與片語

결혼 結婚	**함께하다** 在一起
평생 平生、一生	

「我們在一起一輩子吧」
的韓語怎麼說？

wu ri pyeongsaeng ham kke hae yo
우리 평생 함께해요.

對話 ♫ 108

ga yong ssi yeo gi jom bo se yo jeon dang sin ma neul sa rang hae yo
가용 씨, 여기 좀 보세요! 전 당신만을 사랑해요!
wu ri pyeongsaeng ham kke hae yo
우리 평생 함께해요.
佳容，請看一下這裡！我只愛妳一個人！我們要在一起一
輩子喔～

eo meo o ppa jo a yo
어머! 오빠, 좋아요.
天哪！歐巴，好啊。

ga yong ssi do jeol sa rang hae yo
가용 씨도 절 사랑해요?
佳容妳也愛我嗎？

kkong mal hae ya a ra yo dangyeon ha ji yo
꼭 말해야 알아요? 당연하지요!
一定要說出來嗎？當然啊！

單字與片語

평생 終生、一輩子	말하다 說話
함께 一起	알다 知道
名詞＋만 只（有）～	당연하다 當然
꼭 一定	

「討厭」的韓語怎麼說？

mi wo yo
미워요.

對話 ♫ 109

o ppa   i geo seon mu ri e yo
오빠, 이거 선물이에요.
歐巴，這是禮物。

seon mul   o neul mu seun na ri e yo
선물? 오늘 무슨 날이에요?
禮物？今天是什麼日子嗎？

jeong mal mol ra yo?   o neul u ri   bea gil gi nyeo mi ri e yo
정말 몰라요? 오늘 우리 100일 기념일이에요.
o ppa   mi wo yo
오빠, 미워요!
你是真的不知道嗎？今天是我們交往第一百天的紀念日。
我討厭歐巴！

mi an hae yo
미안해요.
對不起。

單字與片語

선물 禮物	**기념일** 紀念日
날 日子	**밉다** 討厭（ㅂ 不規則變化）
모르다 不知道、不懂（ㄹ 不規則變化）	**미안하다** 對不起

「被甩了」的韓語怎麼說？

cha yeo sseo yo
차였어요.

對話 ♫ 110

mu seun nil i sseo wae i reo ke u ul han pyo jeong i ya
무슨 일 있어? 왜 이렇게 우울한 표정이야?
有什麼事嗎？表情怎麼那麼憂鬱？

ji nan beo ne mal haetteon geu yeo ja han te wan jeon hi cha yeo sseo
지난번에 말했던 그 여자한테 완전히 차였어.
我被上次說的那個女生徹底甩掉了。

geu rae mwo ra go ha neun de
그래? 뭐라고 하는데?
是喔，她說什麼？

nam ja chin gu i sseu ni kka tta ra da ni ji mal ra go ha deo ra go
남자친구 있으니까 따라다니지 말라고 하더라고.
她說她有男朋友了，所以別再纏著她。

單字與片語

우울하다 憂鬱	**완전히** 徹底地
표정 表情	**차이다** 被甩
지난번 上次	**따라다니다** 追隨、跟隨
말하다 說話	

「從我眼前消失」的韓語怎麼說？

nae nu na pe seo sa ra jyeo
내 눈 앞에서 사라져!

對話 ♫ 111

cha i go na seo do gye sok cha ja ga sseo
차이고 나서도 계속 찾아갔어?
被甩掉之後還一直去找她嗎？

eung neo mu bo go si peo seo gat jji geu raenneun de deo si reo ha
응, 너무 보고 싶어서 갔지. 그랬는데 더 싫어하
deo ra geu yeo ja ga na han te nae nu na pe seo dangjang sa ra
더라. 그 여자가 나한테 내 눈 앞에서 당장 사라
ji ra go hae sseo
지라고 했어.
嗯，實在太想她了，所以就去找她。但她好像更討厭我了，
她還要我在她的眼前消失。

na ra do geu reol kkeot ga ta
나라도 그럴 것 같아.
如果我是她，我也會這麼說。

mwo ra go neo kka ji geu reo myeon an doe ji
뭐라고? 너까지 그러면 안 되지.
你說什麼？不能連你也這樣啊。

單字與片語

動詞＋고 나서 ～之後	**싫어하다** 討厭
계속 繼續	**사라지다** 消失
찾아가다 去看、去找	**당장** 立刻、馬上、趕快

「不要生氣嘛」的韓語怎麼說？

hwa nae ji ma yo

화내지 마요.

對話 🎵 112

ga yong a　hwa nae ji ma yo　mi aan hae yo　da nae jal mo si e yo
가용아, 화내지 마요. 미안해요. 다 내 잘못이에요.
佳容，不要生氣嘛。對不起，都是我的錯。

dwaesseo yo　na jung e　yae gi hae yo　na　ji geum yae gi hal
됐어요. 나중에 얘기해요. 나 지금 얘기할
gi bun a ni e yo
기분 아니에요.
算了，以後再說。我現在不想講話。

i　reo ji　mal go　je　mal jom deu reo ju se yo
이러지 말고 제 말 좀 들어주세요.
不要這樣子，聽我講嘛。

geu reom mwol　jal mo taenneun ji　meon jeo　yae gi ha se yo
그럼 뭘 잘못했는지 먼저 얘기하세요.
那你先說說看你哪裡做錯了。

單字與片語

잘못 錯誤	얘기하다 聊天、講話	먼저 先、事先
됐다 算了	기분 心情	얘기하다 聊天、告訴
나중에 之後、以後	잘못하다 做錯	

小叮嚀
說這句話時如果再送一顆蘋果的話，效果會更好！
因為在韓語中「蘋果」和「道歉」都叫作「사과」。
sa gwa

「不要離開我」的韓語怎麼說？

nal tteo na ji ma
날 떠나지 마.

對話 ♪ 113

nal tteo na ji ma　　ga neun neol bol su ga eop sse
날 떠나지 마, 가는 널 볼 수가 없어~
不要離開我，我無法看著離我遠去的你～

mu seun no rae bul reo yo
무슨 노래 불러요?
你在唱什麼歌呀？

bak ji nyeong no rae yo　　yen nal no rae in de　 o neul gap jja gi
박진영 노래요. 옛날 노래인데 오늘 갑자기
saeng ga gi na sseo yo
생각이 났어요.
是朴軫永的歌曲。這是一首老歌，今天突然想到。

geu rae yo　　mot deu reo bwanneun de　　geu sa ram no rae jo a hae yo
그래요? 못 들어봤는데, 그 사람 노래 좋아해요?
是喔，我沒聽過。妳喜歡他的歌曲嗎？

geu jeo geu rae yo　　ma chim saenggang nat tteon geo ye yo
그저 그래요. 마침 생각났던 거예요.
還好，剛好想到而已。

單字與片語

떠나다 離開		생각이 나다 想起來	
박진영 朴軫永（人名）		그저 그렇다 還好	
옛날 過去		마침 剛好	
갑자기 突然		動詞＋지 말다 別～、不要～	

「**我們分手吧**」的韓語怎麼說？

u ri he eo jyeo yo
우리 헤어져요.

對話 ♫ 114

u ri i je geu man he eo jyeo yo
우리 이제 그만 헤어져요.
我們分手吧。

mwo ra go yo je ga jal mot deu reun geo ye yo
뭐라고요? 제가 잘못 들은 거예요?
妳說什麼？我聽錯了嗎？

a o neul geu man he eo ji go ji be ga ja go yo
아, 오늘 그만 헤어지고 집에 가자고요.
啊，我的意思是，今天就到此為止各自回家吧。

geu reon geo ji yo kkam jjang nol ra sseo yo hyu u
그런 거지요? 깜짝 놀랐어요. 휴우~
是那樣的意思齁？我嚇一跳了耶。呼～

單字與片語

이제 그만 到此為止	**헤어지다** 分手、分開、離開
잘못 듣다 聽錯	**깜짝 놀라다** 嚇一跳

「偷偷劈腿了」的韓語怎麼說？

mol rae　yang da　ri reul　geol chyeo sseo yo
몰래 양다리를 걸쳤어요.

對話 ♫ 115

geu geo　a ra yo　　ma i keul ssi ga　mol rae yang da　ri reul　geol chyeo
그거 알아요? 마이클 씨가 몰래 양다리를 걸쳤
ttae yo
대요.

妳知道嗎？聽說麥可偷偷劈腿了耶。

a　i go　jeong mal ryo
아이고, 정말요?

天哪，真的嗎？

jeo do　o neu re seo ya　a ra sseo yo　　jin jja　ga ta yo
저도 오늘에서야 알았어요. 진짜 같아요.

我也是今天才知道的，好像是真的。

ma i keul ssi ga　yang da ri reul geol chyeosseul　ju reun mol ra sseo yo
마이클 씨가 양다리를 걸쳤을 줄은 몰랐어요.
ma i keul ssi　ba ram dung i　gu nyo
마이클 씨 바람둥이군요.

完全沒想過麥可居然會劈腿。原來麥可是花花公子喔！

單字與片語

마이클 麥可（人名）	알다 知道
몰래 偷偷地	모르다 不知道
양다리를 걸치다 劈腿	바람둥이 花花公子

「**愛只是一場瘋狂**」的韓語怎麼說？

sa rang eun　geu jeo　mi chin　ji　si　e yo
사랑은 그저 미친 짓이에요.

對話 ♫ 116

sa rang eun　geu jeo　mi chin　ji si ra go　sye ik sseu pi eo ga　mal hae
사랑은 그저 미친 짓이라고 셰익스피어가 말했
sseo yo
어요.
莎士比亞說過愛只是一場瘋狂。

wae　gap jja gi　geu reon　ma reul　hae yo
왜 갑자기 그런 말을 해요?
為什麼突然那樣說？

je ga　jam kkan　mi chyeosseon na　bwa yo
제가 잠깐 미쳤었나 봐요.
看來我一時著魔了。

ppal ri　jeong sin　cha ri se yo
빨리 정신 차리세요!
你趕快打起精神呀！

單字與片語

그저 只、還、還是	빨리 快點
미치다 瘋、發瘋、迷戀	정신 차리다 打起精神
짓 事、勾當、洋相	名詞＋(이)라고 하다 間接引用用法
셰익스피어 莎士比亞	

「眼光太高」的韓語怎麼說？

nu ni neo mu no pa yo
눈이 너무 높아요.

對話 ♫ 117

su ji ssi neun nam ja chin gu wae an sa gwi eo yo hok ssi nu ni
수지 씨는 남자친구 왜 안 사귀어요? 혹시 눈이
no peun geo a ni e yo
높은 거 아니에요?
秀智妳為什麼不交男朋友？是不是眼光太高了？

jeo nun an no pa yo jo eun sa ram i sseumyeon so gae hae
저 눈 안 높아요. 좋은 사람 있으면 소개해
ju se yo
주세요.
我眼光沒很高，如果有好的人請介紹給我。

geu rae yo je ga a ra bol kke yo
그래요. 제가 알아볼게요.
好，我會問看看。

go ma wo yo
고마워요.
謝謝。

單字與片語

사귀다 交往	**소개하다** 介紹
눈 眼睛	**알아보다** 詢問、打聽
높다 高	

「훈남，요섹남，뇌섹남，품절남」是什麼意思？

hunnam
훈남：훈훈한 남자 暖和的男生；非花美男，但看了他心裏會
變得很溫暖

yo sengnam
요섹남：요리하는 섹시한 남자 做料理的性感男生

noesengnam
뇌섹남：뇌가 섹시한 남자 頭腦很性感、聰明的男生

pumjeolnam
품절남：품절된 남자 售完的男生；意指已婚男

dolsingnam
돌싱남：돌아온 싱글 남자 恢復單身的男生

< 單字 >

훈훈하다 溫暖
요리하다 料理
섹시하다 (sexy+하다) 性感
뇌 腦
품절되다 賣完、售罄
돌아오다 回來
싱글 單身（single）

文化小知識
韓國每月十四號都是紀念日

韓國每月的 14 日都有特別的意思，一開始只有情人節跟白色情人節，但後來也逐漸出現其他的紀念日。而其中 4 月 14 日是唯一非情侶過的紀念日。但最近情侶也開始過黑色情人節，不只是吃炸醬麵，也會一起喝黑咖啡、穿黑色情侶裝。那韓國還有哪些紀念日呢？大家一起來看看！

1월 14일 1月14號	**다이어리데이** （Diary day） 情侶之間互送彼此日記的日子	7월 14일 7月14號	**실버데이** （Silver day） 送銀首飾的日子
2월 14일 2月14號	**밸런타인데이** （Valentian day） 女生給男生送巧克力並告白的日子	8월 14일 8月14號	**그린데이** （Green day） 一起去洗森林浴的日子
3월 14일 3月14號	**화이트데이** （White day） 男生送女生糖果並告白的日子	9월 14일 9月14號	**포토데이** （Photo day） 一起拍照的日子
4월 14일 4月14號	**블랙데이** （Black day） 過了情人節和白色情人節還是單身的人，一起吃炸醬麵互相安慰的日子	10월 14일 10月14號	**와인데이** （Wine day） 一起喝紅酒的日子
5월 14일 5月14號	**로즈데이** （Rose day） 送玫瑰花的日子	11월 14일 11月14號	**무비데이** （Movie day） 一起看電影的日子
6월 14일 6月14號	**키스데이** （Kiss day） 情侶們接吻的日子	12월 14일 12月14號	**허그데이** （Hug day） 互相擁抱的日子

外型篇

好想知道這句話的韓文是什麼？

「減肥」的韓語怎麼說？

da i eo teu hae yo
다이어트해요.

對話 ♫ 118

yo jeum hoe si gi ja ju i sseo yo
요즘 회식이 자주 있어요.
最近經常有聚餐。

jeo do yo un dong do an hae yo
저도요. 운동도 안 해요.
我也是。我也沒有在運動。

na ttungttung hae jyeo sseo yo da i eo teu hal kka yo
나 뚱뚱해졌어요. 다이어트할까요?
我變胖了，要不要減肥呢？

geu rae yo jeon jal mo reu ge sseo yo ha na do an ttungttung hae
그래요? 전 잘 모르겠어요. 하나도 안 뚱뚱해
yo yeo jeon hi meo si sseo yo
요. 여전히 멋있어요.
是嗎？我沒有感覺欸。一點都不胖啊，還是一樣帥。

單字與片語

회식 聚餐	**다이어트하다** 減肥
자주 經常	**여전히** 依然、仍然
뚱뚱해지다 變胖	**멋있다** 帥、英俊

「我變瘦了」的韓語怎麼說？

nal ssi nae jyeo sseo yo
날씬해졌어요.

對話 ♫ 119

ol hae yeo reu meul wi hae seo da i eo teu reul hae sseo yo
올해 여름을 위해서 다이어트를 했어요.
我為了今年的夏天而減肥了。

wan jeon seonggong i ne yo   ma ni   nal ssin hae jyeo sseo yo
완전 성공이네요! 많이 날씬해졌어요.
bu reo wo yo
부러워요.
大成功欸！瘦超多的，好羨慕喔。

ga yong ssi do da i eo teu ha go si peo yo
가용 씨도 다이어트하고 싶어요?
佳容妳也想減肥嗎？

ha go sip jji man je ga meongneun geol neo mu jo a hae yo
하고 싶지만 제가 먹는 걸 너무 좋아해요.
想是想，但我太喜歡吃東西了。

單字與片語

올해 今年		**다이어트를 하다** 減肥
여름 夏天		**성공** 成功
위하다 為了		**날씬해지다** 變瘦

常用句型說明

Adj 아 / 어지다 變 Adj

「날씬하다」是形容詞「瘦」的意思，不過如果要表達「變瘦」就要說「날씬해지다」，說明如下：

前面語幹的最後一個字的母音以ㅏ，ㅗ（陽性母音）結尾就接 – 아지다。

좋다 好　　**좋**　＋　**- 아지다**　＝　좋아지다 變好

前面語幹的最後一個字的母音以ㅏ，ㅗ以外的其他母音結束就接 –어지다

재미있다 有趣　**재미있**　＋　**- 어지다**　＝　재미있어지다 變得有趣

하다類的形容詞就接 – 여지다

可省略

뚱뚱하다 胖　**뚱뚱하**　＋　**- 여지다**　＝　뚱뚱하여지다

‖

뚱뚱해지다 變胖

例句：

요즘 아정 씨가 정말 예뻐졌어요. 연애하나 봐요?
最近雅婷真的變得很漂亮，是不是在談戀愛？

시험이 좀 쉬워진 것 같아요.
考試好像變得簡單一點。

✏ 練習一下

1）**높다** 高 →　　　變高　　　＿＿＿＿＿＿＿＿＿＿＿＿＿.
2）**맛있다** 好吃 →　　變好吃　　＿＿＿＿＿＿＿＿＿＿＿＿＿.
3）**바쁘다** 忙 →　　　變忙　　　＿＿＿＿＿＿＿＿＿＿＿＿＿.
4）**날씬하다** 苗條 →　變苗條　　＿＿＿＿＿＿＿＿＿＿＿＿＿.

答案
1）높아지다 2）맛있어지다 3）바빠지다 4）날씬해지다

171

「我變胖了」的韓語怎麼說?

sal jjyeo sseo yo
살 쪘어요.

對話 ♫ 120

o neul jeo nyeo ge jok ppal bae dal si kyeo meo geul kka yo
오늘 저녁에 족발 배달 시켜 먹을까요?
今天晚上要不要叫外送來吃豬腳?

meok kko si peo yo geu reon de je ga yo jeum neo mu ma ni
먹고 싶어요. 그런데 제가 요즘 너무 많이
meo geo seo sa ri ma ni jjyeosseo yo jeo neun dwaesseo yo
먹어서 살이 많이 쪘어요. 저는 됐어요.
是很想吃,但我最近吃太多胖了許多,還是算了。

han beo neun gwaenchan chi a na yo
한번은 괜찮지 않아요?
吃一次沒關係吧?

geu reol kka yo a ni e yo jeo yu ho ka ji ma se yo
그럴까요? 아니에요. 저 유혹하지 마세요,
su ji ssi
수지 씨!
是嗎?不是,秀智!妳不要一直誘惑我。

單字與片語

살이 찌다 發胖	**시키다** 點(餐)、叫
족발 豬腳	**유혹하다** 誘惑、勾引
배달 外送	

「敷面膜」的韓語怎麼說？

pae kae yo
팩해요.

對話 🎵 121

i ryo il jeo nyeo ge bo tong mwo hae yo
일요일 저녁에 보통 뭐 해요?
禮拜天晚上通常都做什麼？

swi eo yo geu ri go ga kkeum pae kae yo
쉬어요. 그리고 가끔 팩해요.
休息，偶爾會敷面膜。

geu rae yo geu rae seo su ji ssi ga pi bu ga jo kun nyo
그래요? 그래서 수지 씨가 피부가 좋군요!
是喔？所以秀智妳的皮膚才會這麼好啊！

ha ha tae yang ssi do ha na jul kka yo
하하, 태양 씨도 하나 줄까요?
哈哈，太陽你也要一個嗎？

單字與片語

(마사지) 팩 面膜（massage pack）	**피부** 皮膚
저녁 晚上	**주다** 給
보통 一般	**-군요** 啊！喔！
쉬다 休息	（終結語尾，表示對事物的某種感
가끔 偶爾	覺或感嘆）

「今天去做了美甲」的韓語怎麼說？

o neul ne il a teu reul ba da sseo yo
오늘 네일 아트를 받았어요.

對話 ♫ 122

gi bun jeon hwan ha ryeo go o neul ne il a teu reul ba da sseo yo
기분 전환하려고 오늘 네일 아트를 받았어요.
eo ttae yo ye ppeo yo
어때요? 예뻐요?
想轉換一下心情，今天去做了美甲。怎麼樣？好看嗎？

ne cham ye ppeu ne yo eo di e seo hae sseo yo
네, 참 예쁘네요. 어디에서 했어요?
嗯，真好看呢。妳去哪家做的？

dong chwi e ga seo hae sseo yo yo jeum jom u ul haenneun de ji geu meun
동취에 가서 했어요. 요즘 좀 우울했는데 지금은
ma ni jo a jyeo sseo yo
많이 좋아졌어요.
我去東區做的。最近有點憂鬱，不過現在好多了。

ma ja yo ga kkeum ha myeon gi bu ni jo a jyeo yo
맞아요. 가끔 하면 기분이 좋아져요.
沒錯，偶爾去做一下的話，心情會變好。

單字與片語

기분 전환하다 轉換心情	많이 很多
네일 아트 指甲彩繪（Nail Art）	좋아지다 變好
동취 東區（地名）	가끔 偶爾
우울하다 憂鬱	(으) 면 如果～的話

「好土」的韓語怎麼說？

chon seu reo wo yo
촌스러워요.

對話 ♫ 123

do dae che je eo di ga chon seu reo wo yo ot he eo seu ta il
도대체 제 어디가 촌스러워요? 옷? 헤어스타일?
me i keu eop
메이크업?

我到底哪裡土？衣服？髮型？化妝？

da mun je ye yo
다 문제예요.

都有問題。

geu reom eo tteo ke ha jo
그럼 어떻게 하죠?

那該怎麼辦？

u seon jeo ha go ga chi mi yong si re ga yo
우선 저하고 같이 미용실에 가요.

首先先跟我一起去美容院吧。

單字與片語

촌스럽다 土裡土氣		문제 問題	
헤어스타일 (= 머리 모양) 髮型		우선 先、首先	
메이크업 (= 화장) 化妝		미용실 美容院	

對話 ♫ 124

a chi me myeot ssi e i reo na yo
아침에 몇 시에 일어나요?
早上幾點起床？

yeo seot ssi e i reo na yo
여섯시에 일어나요.
六點起床。

wae i reo ke il jjik i reo na yo
왜 이렇게 일찍 일어나요?
為什麼這麼早起床？

il jjik i reo na seo han si gan dong an hwa jang hae yo
일찍 일어나서 한 시간 동안 화장해요.
早點起來化一個小時的妝。

單字與片語

아침 早上	**일찍** 早點	**동안** 期間
일어나다 起床	**한 시간** 一小時	**화장하다** 化妝

 補充單字：**화장품**（保養品／化妝品）

스킨 化妝水	**파운데이** 粉底霜	**마스카라** 睫毛膏
로션 乳液	**BB크림** BB霜	**아이라이너** 眼線筆
에센스 精華液	**립스틱** 口紅	
크림 乳霜	**아이섀도우** 眼影	

「眼睛腫起來了」的韓語怎麼說？

nu ni bu eo sseo yo
눈이 부었어요.

對話 ♫ 125

su ji ssi   o rae gan ma ni e yo
수지 씨, 오래간만이에요.
秀智，好久不見！

sil rye ji man   nu gu se yo   jeo a se yo
실례지만, 누구세요? 저 아세요?
不好意思，您哪位？認識我嗎？

jeo tae yang i e yo   eo je ra myeo neul meok kko jat tteo ni nu ni
저 태양이에요. 어제 라면을 먹고 잤더니 눈이
sim ha ge bu eo sseo yo
심하게 부었어요.
我是太陽。昨天吃完泡麵後去睡覺，結果眼睛腫得超厲害的。

neo mu sim ha ge bu eo sseo yo
너무 심하게 부었어요.
腫得好嚴重啊。

單字與片語

실례지만 不好意思、打擾一下	**붓다** 腫
알다 知道、認識	**-더니** 表示回想過去某一時間所發生
라면 泡麵	或進行的事實，這個事實又是後面
심하게 嚴重地、厲害地	事實的原因及根據

「請不要擠青春痘」的韓語怎麼說？

yeo deu reu meul jja ji ma se yo
여드름을 짜지 마세요.

對話 ♫ 126

o ppa yeo deu reu meul jja ji ma se yo
오빠, 여드름을 짜지 마세요.
歐巴，請別擠青春痘。

jeo do a ra yo geu reon de yeo deu reu meul bo myeon jja go si peo
저도 알아요. 그런데 여드름을 보면 짜고 싶어
yo
요.
我也知道啊，但一看到青春痘就會想擠。

cha ma yo jal mot jja myeon hyung i na ma yo
참아요. 잘못 짜면 흉이 남아요.
忍耐一下，如果擠不好的話會留疤的。

a ra sseo yo
알았어요.
知道了。

單字與片語

여드름 青春痘	흉이 남다 留疤
짜다 擠	動詞＋지 말다 別～、不要～
참다 忍耐	動詞＋고 싶다 想～
잘못 錯	

「請記得擦防曬油」的韓語怎麼說？

seon keu ri meul kkok ba reu se yo
선크림을 꼭 바르세요.

對話 ♩ 127

nae il nong gu si ha bi i sseo yo
내일 농구 시합이 있어요.
明天有籃球比賽。

eo di e seo hae yo
어디에서 해요?
在哪裡？

jip kkeuncheo gong wo ne si roe nong gu jang i i sseo yo
집 근처 공원에 실외 농구장이 있어요.
我家附近的公園有室外籃球場。

geu rae yo ba kke na gal ttae neun pi bu reul wi hae seo seon keu ri meul
그래요? 밖에 나갈 때는 피부를 위해서 선크림을
kkok ba reu se yo a rat jji yo
꼭 바르세요. 알았지요?
是哦？為了皮膚著想，出門時要記得擦防曬油，知道嗎？

單字與片語

농구 시합 籃球比賽	**바르다** 擦
근처 附近	**밖** 外面
실외 室外	**나가다** 出去
농구장 籃球場	**피부** 皮膚
선크림 (= 자외선차단제) 防曬油	

「洗頭髮」的韓語怎麼說？

meo ri reul ga ma yo
머리를 감아요.

對話 ♫ 128

bo tong eon je meo ri ga ma yo
보통 언제 머리 감아요?
妳通常什麼時候洗頭髮？

jeo neun bo tong jeo nyeo ge meo ri reul ga ma yo du pi ga ji seong
저는 보통 저녁에 머리를 감아요. 두피가 지성
i ra seo ji seongyong syam pu reul sa yong hae yo
이라서 지성용 샴푸를 사용해요.
我通常都晚上洗頭髮，因為我是油性頭皮，所以會用控油
洗髮乳。

jeon a chi me meo ri reul ga ma yo
전 아침에 머리를 감아요.
我是早上洗頭髮。

geu rae yo jeo nyeo ge meo ri an gan ji reo wo yo
그래요? 저녁에 머리 안 간지러워요?
是喔？晚上不會覺得癢嗎？

單字與片語

저녁 晚上	**감다** 洗	**지성** 油性	**사용하다** 使用
머리 頭髮、頭	**두피** 頭皮	**샴푸** 洗髮乳	**간지럽다** 癢

 補充單字：**미용（美容）**

지성 油性	**피부** 肌膚	**클렌징폼** 洗面乳
건성 乾性	**린스** 潤髮乳	**클렌징오일** 卸妝油
복합성 混合性	**바디샴푸** 沐浴乳	**비누** 肥皂
두피 頭皮		

「染頭髮」的韓語怎麼說？

yeom sae kae yo
염색해요.

對話 ♫ 129

jeo   o neul mi yong sil gal ge ye yo   ga seo meo ri jom ja reu ryeo go yo
저 오늘 미용실 갈 거예요. 가서 머리 좀 자르려고요.
我今天要去美容院，打算剪一下頭髮。

geu rae yo   ga chi gal kka yo   jeo yeom sae kal ttae ga dwaesseo yo
그래요? 같이 갈까요? 저 염색할 때가 됐어요.
是嗎？要不要一起去？我也該染頭髮了。

geu reo go   bo ni   hal ttae ga dwaen ne yo
그러고 보니 할 때가 됐네요.
這麼看來是真的該染了耶。

ga chi ga yo   ga yong ssi neun eo neu mi yong si re   ja ju ga yo
같이 가요. 가용 씨는 어느 미용실에 자주 가요?
一起去吧。妳經常去哪一家美容院？

單字與片語

미용실 美容院	動詞＋（으）ㄹ 때 做～的時候
머리를 자르다 剪頭髮	名詞＋이／가 되다 到＋名詞
염색하다 染頭髮	그러고 보니 這樣看來

 補充單字：미용실과 헤어스타일（美容院 & 髮型）

파마하다 燙頭髮	머리를 감다 洗頭髮	긴머리 長髮
염색하다 染頭髮	앞머리 瀏海	두피 頭皮
머리를 자르다 剪頭髮	단발머리 短髮	

日常篇

好想知道這句話的韓文是什麼？

「想再睡一點」的韓語怎麼說？

deo ja go si peo yo

더 자고 싶어요.

對話 ♫ 130

u ri a deul ppal ri i reo na yo
우리 아들, 빨리 일어나요!
兒子，快點起床！

eom ma jo geum deo ja go si peo yo
엄마, 조금 더 자고 싶어요.
媽媽我想再多睡一點。

an dwae yo beol sseo yeo seot ssi ba ni e yo
안 돼요! 벌써 여섯시 반이에요.
不行！已經六點半了。

a ra sseo yo
알았어요.
知道了。

單字與片語

아들 兒子	**더** 更、再
빨리 快點	**안 되다** 不行
일어나다 起床	**벌써** 已經
조금 一點點	**알다** 知道

neut jja meul ja sseo yo
늦잠을 잤어요.

對話 ♫ 131

o neu reun i ryo i ri ra seo ma eum no ko neut jja meul ja sseo yo
오늘은 일요일이라서 마음 놓고 늦잠을 잤어요.
gi bu ni jo a yo
기분이 좋아요.
因為今天是星期天，所以就放心地賴床了，心情真好。

na do yo jeong mal puk jja sseo yo
나도요. 정말 푹 잤어요.
我也是，睡得真的很熟。

jal ja ni kka pi bu do jo a jin geot ga ta yo
잘 자니까 피부도 좋아진 것 같아요.
因為有睡好皮膚好像也變更好了。

ma ja yo u ri ga yong i ga deo ye ppeojyeon ne yo
맞아요. 우리 가용이가 더 예뻐졌네요.
對啊，我的佳容變得更漂亮了。

單字與片語

마음 (을) 놓다 放心	좋아지다 變好
기분 (이) 좋다 心情好	맞다 對、沒錯
푹 充分地	예뻐지다 變漂亮
피부 皮膚	形容詞＋（으）ㄴ 것 같다 好像～

「好睏」的韓語怎麼說？

jol ryeo yo
졸려요.

對話 ♫ 132

neo mu jol ryeo yo
너무 졸려요.

好睏喔。

eo je jam mot jja sseo yo
어제 잠 못 잤어요?

昨晚沒睡好嗎？

ne eo je jeo nyeo ge bon deu ra ma ga neo mu jae mi i sseo seo yo
네, 어제 저녁에 본 드라마가 너무 재미있어서요.

是啊，因為昨天晚上看的電視劇太好看了。

geu rae yo mu seun deu ra ma ye yo
그래요? 무슨 드라마예요?

是喔？是什麼電視劇？

單字與片語

졸리다 睏	못 沒能、沒辦法
어제 昨天	저녁 晚上
잠 (을) 자다 睡覺	드라마 電視劇

「起床吧」的韓語怎麼說？

i reo na yo
일어나요.

對話 ♫ 133

o ppa il gop ssi ye yo i reo na yo
오빠, 7 시예요. 일어나요.
歐巴，七點了，起床吧！

읽음
已讀

hoe sa chul geun hae ya ji yo
회사 출근해야지요.
要上班了。

읽음
已讀

읽음
已讀
go ma wo yo jo eu na chim
고마워요. 좋은 아침!
謝謝。早安！

jo eu na chim a chim sik ssa kko ka se yo o ppa
좋은 아침! 아침 식사 꼭 하세요. 오빠.
早安！一定要吃早餐喔，歐巴。

읽음
已讀

읽음
已讀
ne kkong meo geul kke yo
네, 꼭 먹을게요.
好，一定會吃的。

읽기
已讀
jo eun ha ru bo nae yo
좋은 하루 보내요.
祝你有美好的一天。

單字與片語

일어나다 起床	**좋은 아침** 早安	**하루** 一天
회사 公司	**식사** 餐、飯	**보내다** 過
출근하다 上班	**꼭** 一定	**읽음** 已讀

「太熱了」的韓語怎麼說？

neo mu deo wo yo
너무 더워요.

對話 ♫ 134

yo jeum nal ssi wae i rae yo   neo mu deo wo yo
요즘 날씨 왜 이래요? 너무 더워요.
最近天氣怎麼這樣啊，也太熱了。

ma ja yo   ha ru jong il   e eo keo neul kyeo go   i sseo yo   han guk
맞아요. 하루종일 에어컨을 켜고 있어요. 한국
tto   deo wo yo
도 더워요?
對啊，我一整天都開著冷氣。韓國也很熱嗎？

han guk tto chil pa rwo re neun mu cheok deo wo yo
한국도 7, 8월에는 무척 더워요.
韓國的七八月也是非常炎熱的。

geu reo kun nyo   u ri ga chi   a i seu keu rim meo geu reo gal rae yo
그렇군요. 우리 같이 아이스크림 먹으러 갈래요?
原來如此。那我們要不要一起去吃冰淇淋？

單字與片語

요즘 最近	**에어컨을 켜다** 開冷氣
날씨 天氣	**무척** 非常
하루종일 一整天	**아이스크림** 冰淇淋

 補充單字：**계절**（季節）

봄 春天	**가을** 秋天
여름 夏天	**겨울** 冬天

「冷得要死」的韓語怎麼說？

chu wo juk kke sseo yo
추워 죽겠어요.

對話 ♫ 135

chu wo juk kke sseo yo
추워 죽겠어요.
冷死了。

han gu geun dae man bo da deo chup jji yo
한국은 대만보다 더 춥지요?
韓國比台灣還冷吧？

on do neun dae man bo da ma ni na ja yo ha ji man dae man do
온도는 대만보다 많이 낮아요. 하지만 대만도
chu wo yo
추워요.
溫度比台灣低很多，但台灣也很冷。

ma ja yo on do neun han guk ppo da nop jji man seu pae seo jom
맞아요. 온도는 한국보다 높지만 습해서 좀
chu wo yo gam gi jo sim ha se yo
추워요. 감기 조심하세요.
對啊，雖然台灣的溫度比韓國高，但因為是濕冷天氣，要
小心別感冒了。

單字與片語

춥다 冷	**높다** 高	
죽다 死	**습하다** 潮濕	
온도 溫度	**감기** 感冒	
낮다 低	**조심하다** 小心	

常用句型說明

Adj 아 / 어 죽겠어요　Adj 得要死

如果想表達「某程度極高」，韓國人在口語中經常使用此句型。

說明如下：

形容詞語幹的最後一個字為陽性母音（ㅏ、ㅗ）：加 – **아 죽겠어요**
形容詞語幹的最後一個字的為其他母音：加 – **어 죽겠어요**
屬於 – **하다** 類的形容詞：加 – **여 죽겠어요**

例句：

좋아 죽겠어요.　好得要命。
싫어 죽겠어요.　討厭得要死。
아파 죽겠어요.　痛死了。（參考「ㅡ」脫落）
피곤해 죽겠어요.　累死了。
부러워 죽겠어요.　羨慕死了。（參考「ㅂ」不規則變化）

✏️ **練習一下**　利用下列的單字來造句。

힘들다 累	**심심하다** 無聊
행복하다 幸福	**덥다** 熱

1）累死

————————————————————————.

2）幸福得要死

————————————————————————.

3）無聊得要命

————————————————————————.

4）熱死

————————————————————————.

答案
1）힘들어 죽겠어요.　2）행복해 죽겠어요.
3）심심해 죽겠어요.　4）더워 죽겠어요.

「最喜歡一個人玩」的韓語怎麼說？

hon ja no neun ge je il jo a yo
혼자 노는 게 제일 좋아요.

對話 ♫ 136

wae ju ma re ba kke an na ga no ra yo
왜 주말에 밖에 안 나가 놀아요?
周末的時候為什麼沒出去玩？

ju ma re chin gu reul man na neun geot tto jo chi man jeo neun ji be seo
주말에 친구를 만나는 것도 좋지만 저는 집에서
no neun ge je il jo a yo
노는 게 제일 좋아요.
雖然周末和朋友見面也不錯，但我還是最喜歡待在家。

geu rae yo jeo ha go wan jeon hi ban dae ne yo jeon na ga seo
그래요? 저하고 완전히 반대네요. 전 나가서
no neun ge jo a yo
노는 게 좋아요.
是嗎？跟我完全相反呢，我喜歡出去玩。

ha ha ha geu reom nae il do oe chul hal geo ye yo
하하하. 그럼 내일도 외출할 거예요?
哈哈哈，那麼妳明天也要出門嗎？

dangyeon ha ji yo o ppa ha go de i teu hal geo ye yo
당연하지요! 오빠하고 데이트할 거예요.
那當然！要跟歐巴約會唷。

單字與片語

밖 外面	**제일** 最	**외출하다** 出門、外出
혼자 一個人	**완전히** 完全地、徹底地	**당연하다** 當然
놀다 玩	**반대** 相反，反對	**데이트하다** 約會

190

「喜歡嘻哈嗎」的韓語怎麼說？

hi pa beul jo a hae yo
힙합을 좋아해요?

對話 ♩ 137

eo tteon eu mak jo a hae yo
어떤 음악 좋아해요?
喜歡什麼音樂？

jeon hi pa beul jo a hae yo tae yang ssi do hi pa beul jo a hae yo
전 힙합을 좋아해요. 태양 씨도 힙합을 좋아해요?
我喜歡嘻哈音樂，太陽你也喜歡嘻哈嗎？

ne jeon hi pam ma ni a ye yo chul toe eun gi re kkok hi pap
네, 전 힙합 마니아예요. 출퇴근 길에 꼭 힙합
no rae reul deu reo yo
노래를 들어요.
對啊，我是嘻哈迷。上下班的時候都聽嘻哈歌曲。

jo eun no rae i sseumyeon chu cheon hae ju se yo
좋은 노래 있으면 추천해 주세요.
有什麼好聽的歌曲，請推薦給我。

單字與片語

어떤 怎樣的	**출퇴근** 上下班	**마니아** 迷、狂、
힙합 嘻哈	**추천하다** 推薦	愛好者（mania）

 補充單字：**음악 장르**（音樂的類型）

클래식 음악 古典音樂（Classical Music）	**레게** 雷鬼（reggae）
발라드 抒情歌（ballade）	**재즈** 爵士（jazz）
리듬앤블루스 節奏藍調（R&B）	**랩** 饒舌（Rap）
록 搖滾（rock）	**전자 음악** 電子音樂

「無聊」的韓語怎麼說？

sim sim hae yo
심심해요.

對話 ♫ 138

yeo bo se yo　　o neul mwo hae yo
여보세요? 오늘 뭐 해요?
喂？今天要做什麼？

jeo　ji　be seo keom pyu teo hae yo
저 집에서 컴퓨터해요.
我在家裡玩電腦。

o neul neo mu sim sim hae yo　　u ri　jeom si me man nal rae yo
오늘 너무 심심해요. 우리 점심에 만날래요?
ga chi bam meo geo yo
같이 밥 먹어요.
今天真無聊，要不要中午見個面，一起吃頓飯？

jo a yo　　bam meo kko yeong hwa do　ga chi bol rae yo
좋아요. 밥 먹고 영화도 같이 볼래요?
好啊，吃飽後要再一起去看電影嗎？

單字與片語

여보세요? 喂？	**점심** 中午、午餐
오늘 今天	**만나다** 見面
컴퓨터하다 玩電腦	**영화** 電影
심심하다 無聊	**名詞＋도** 也

「羨慕」的韓語怎麼說？

bu reo wo yo
부러워요.

對話 ♫ 139

jeo keo peul deu ri neo mu bu reo wo
저 커플들이 너무 부러워.
好羨慕那些情侶啊。

mwo ga bu reo wo
뭐가 부러워?
為什麼羨慕他們？

nan ji meum kka ji han beon do yeo ja chin gu reul sa gwi eo bo ji
난 지금까지 한번도 여자친구를 사귀어 보지
a na sseo
않았어.
因為我到現在都還沒交過女朋友。

mwo ra go jeong ma ri ya
뭐라고? 정말이야?
你說什麼？真的假的？

單字與片語

저 那	사귀다 交
커플 情侶	名詞＋들 ～們
뭐 什麼	名詞＋까지 到～
지금 現在	動詞＋지 않다 不～
부럽다 羨慕（「ㅂ」不規則變化）	

모태솔로 mo tae sol ro 是從出生到現在都單身的人的意思，類似中文的「沒有男人／女人緣」。

모태 （母胎）天生
솔로 （solo）單身

< 對話 >

A：남자친구 있어요?
　　nam ja chin gu　i sseo yo

有沒有男朋友？

B：아니요. 없어요. 저 모태솔로예요.
　　a ni yo　eop sseo yo　jeo mo tae sol ro ye yo

沒有啊，我從小到大都是單身

A：그래요? 이렇게 예쁜데 왜 모태솔로예요!
　　geu rae yo　i reo ke　ye ppeun de　wae mo tae sol ro ye yo

是嗎？這麼漂亮怎麼可能從來沒交過男朋友呀！

B：몰라요. 올해가 가기 전에 꼭 남자친구를 사귀고 싶
　　mol ra yo　ol hae gag a gi　jeo ne kkok nam ja chin gu reul sa gwi go si
어요.
peo yo

不知道耶，希望今年一定要交到男朋友。

「寂寞」的韓語怎麼說？

oe ro wo yo
외로워요.

對話 ♫ 140

yo jeum neo mu oe ro wo
요즘 너무 외로워.
最近太寂寞了。

wae oe ro wo
왜 외로워?
為什麼寂寞呢？

a ma do ga eul i ra seo
아마도 가을이라서?
可能是秋天到的關係吧。

gam su seong i i reo ke pung bu han jul mol ra sseo
감수성이 이렇게 풍부한 줄 몰랐어.
沒想到你這麼感性。

單字與片語

요즘 最近	**감수성** 感受性	
너무 太	**풍부하다** 豐富	
아마도 可能	**名詞＋이라서** 因為～	
가을 秋天	**形容詞＋（으）ㄴ 줄 모르다** 不知道會～	

「害羞」的韓語怎麼說？

bu kkeu reo wo yo
부끄러워요.

對話 ♫ 141

han gung mo kyok tang e ga bwa sseo yo
한국 목욕탕에 가 봤어요?
有去過韓國的澡堂嗎？

a ni yo an ga bwa sseo yo
아니요. 안 가 봤어요.
沒有，沒去過。

wae yo
왜요?
為什麼？

sa ram deul a pe seo ot beonneun ge bu kkeu reo wo yo
사람들 앞에서 옷 벗는 게 부끄러워요.
我覺得在別人面前脫衣服很害羞。

byeol geo a ni e yo da eum e ga chi ga yo
별 거 아니에요. 다음에 같이 가요.
這沒什麼啊，下次一起去吧。

單字與片語

부끄럽다 害羞	앞 前面
한국 韓國	옷을 벗다 脫衣服
목욕탕 澡堂	별 거 아니다 沒什麼特別的
사람들 人們	다음 下次

「憂鬱」的韓語怎麼說？

u ul hae yo
우울해요.

對話 ♫ 142

eol gul sae gi an jo a yo mu seun nil i sseo yo
얼굴 색이 안 좋아요. 무슨 일 있어요?
你臉色不太好耶，有什麼事嗎？

yo jeum jom u ul hae yo
요즘 좀 우울해요.
最近有點憂鬱。

geu rae yo u ul hal ttae jeo neun un dong eul hae yo ga chi
그래요? 우울할 때 저는 운동을 해요. 같이
un dong hal rae yo
운동할래요?
是嗎？我憂鬱的時候會去運動，要不要一起去運動？

un dong i yo jeon un dong byeol ro an jo a hae yo
운동이요? 전 운동 별로 안 좋아해요.
運動？我不太喜歡運動。

i reo myeon an dwae yo u ri ppal ri gong wo ne ga yo
이러면 안 돼요. 우리 빨리 공원에 가요.
這樣不行喔，我們快點去公園吧。

單字與片語

우울하다 憂鬱	운동하다 運動
극복하다 克服	별로 （須與否定詞連用）不怎麼
기분 心情	안 되다 不行
좋아지다 變好	빨리 快點
색 顏色	공원 公園

「幸福」的韓語怎麼說？

haeng bo kae yo
행복해요.

對話 ♫ 143

su ji ssi jo eu na chim
수지 씨, 좋은 아침!
秀智，早安！

ga yong ssi do jo eu na chim o neul gi bu ni jo a bo yeo yo
가용 씨도 좋은 아침! 오늘 기분이 좋아 보여요.
早！佳容，妳今天心情看起來很好喔。

geu nyang mae il mae i ri haeng bo kae yo
그냥 매일 매일이 행복해요.
沒什麼，只是每一天都覺得很幸福。

wae yo wae yo neo mu gunggeum hae yo
왜요? 왜요? 너무 궁금해요.
為什麼？為什麼？好想知道。

單字與片語

좋은 아침 早安		**행복하다** 幸福
기분이 좋다 心情好		**궁금하다** 好奇
매일 每天		**形容詞＋아 / 어 보이다** 看起來～

「丟臉」的韓語怎麼說？

neo mu jjok pal ryeo yo
너무 쪽팔려요.

對話 ♩ 144

a neo mu jjok pal ryeo yo
아, 너무 쪽팔려요.
啊，好丟臉喔。

mu seun ni ri e yo ga yong ssi
무슨 일이에요? 가용 씨?
有什麼事嗎，佳容？

o neul o hu hoe ui jung e bang gwi reul kkwi eo sseo yo
오늘 오후 회의 중에 방귀를 뀌었어요.
我今天下午開會的時候放屁了。

gwaen cha na yo bang gwi kkwineun ge eo ttae seo yo
괜찮아요. 방귀 뀌는 게 어때서요.
沒關係的，放屁又怎樣了。

單字與片語

쪽팔리다 丟臉	**회의** 開會
무슨 일 什麼事	**방귀를 뀌다** 放屁
오늘 今天	**괜찮아요** 沒關係、沒事
오후 下午	**어떻다** 怎樣

「好累」的韓語怎麼說？

pi gon hae yo
피곤해요.

對話 ♫ 145

mu seun nyo i ri je il pi gon hae yo
무슨 요일이 제일 피곤해요?
覺得星期幾最累呢？

jeo neun wo ryo i ri je il pi gon hae yo
저는 월요일이 제일 피곤해요.
我覺得禮拜一最累。

eo tteo ke ha myeon wo ryo i re an pi gon han ji a ra yo
어떻게 하면 월요일에 안 피곤한지 알아요?
你知道該怎麼做星期一才不會覺得累？

mol ra yo eo tteo ke ha myeon dwae yo
몰라요. 어떻게 하면 돼요?
不知道，怎麼做才行？

i ryo i re do chul geun ha myeon dwae yo
일요일에도 출근하면 돼요.
禮拜天也去上班就行了。

heol
헐~
無言～

單字與片語

출근하다 上班
헐 嘆氣的聲音，類似「傻眼，暈，無言」的意思
動詞＋（으）면 되다 做～就可以

200

「難受」的韓語怎麼說？

goe ro wo yo
괴로워요.

對話 ♫ 146

so hwa ga jal an dwae seo goe ro wo yo
소화가 잘 안 돼서 괴로워요.
我消化不良，好難受喔。

so hwa je sa ol kka yo
소화제 사 올까요?
要不要幫你買消化藥？

go ma wo yo a kka meogeun samgyeop ssa ri gi reum kki ga ma na seo
고마워요. 아까 먹은 삼겹살이 기름기가 많아서
so hwa ga jal an doeneun geot ga ta yo
소화가 잘 안 되는 것 같아요.
謝謝。好像是剛剛吃的五花肉太油膩了，所以消化不太好。

yang meo kko puk swi eo yo jeo nyeo ke neun ma ni meok jji ma se yo
약 먹고 푹 쉬어요. 저녁에는 많이 먹지 마세요.
吃完藥就好好休息吧，晚上不要吃太多喔。

單字與片語

괴롭다 難受、心煩	**삼겹살** 五花肉
소화가 되다 消化	**기름기** 油脂
소화제 消化劑、消化藥	**약** 藥
아까 剛剛、前不久	**푹** 充分地

「有趣」的韓語怎麼說？

jae mi i sseo yo
재미있어요.

對話 ♫ 147

ji geum mwo hae
지금 뭐 해?
你現在在做什麼？

haen deu pon ge im hae
핸드폰 게임해.
玩手機遊戲。

geu ge im eo ttae
그 게임 어때?
那遊戲怎麼樣？

jin jja jae mi i sseo
진짜 재미있어.
真的很有趣！

單字與片語

재미있다 有趣、好玩 （↔ 재미없다 無聊）　　　　핸드폰 게임 手機遊戲

 字典找不到的韓國最新流行語：「핵꿀잼，핵노잼」是什麼？

핵꿀잼 的意思是「超級有趣」。這單字的詞性為名詞，是由「핵（核）＋꿀（蜂蜜）＋잼（재미 的縮寫：趣味）」三個詞組成的。

而如果是「超級無聊」，可以說「핵노잼」喔，是由「핵（核）＋노（NO）＋잼（재미 的縮寫：趣味）」組成的。

je ga yo jeum bo neun i deu ra ma jeong mal haekkkul jae mi e yo
제가 요즘 보는 이 드라마 정말 핵꿀잼이에요!
我最近看的那部電視劇真的超級有趣！

「上癮了」的韓語怎麼說？

jung dok ttwaesseo yo
중독됐어요.

對話 ♫ 148

jeo hwa jang si re jom gat tta ol kke yo
저 화장실에 좀 갔다 올게요.
我去一下洗手間。

geu rae yo geun de hyu dae po neun wae ga ji go ga yo
그래요. 근데 휴대폰은 왜 가지고 가요?
嗯啊。不過你為什麼帶手機去啊？

an ga ji go ga myeon bu ran hae yo
안 가지고 가면 불안해요.
沒帶的話心裡會很不安。

eo meo na su ji ssi haen deu po ne jung dok ttwaesseo yo
어머나! 수지 씨 핸드폰에 중독됐어요.
天啊！秀智妳手機成癮了嗎？

單字與片語

화장실 化妝室	가지고 가다 帶走、帶去
갔다 오다 去去就（回）來	핸드폰 手機
근데 = 그런데 不過	중독되다 上癮、中毒
불안하다 不安、不舒服	

「好奇怪」的韓語怎麼說？

i sang hae yo
이상해요.

對話 ♩ 149

i ot eo ttae yo
이 옷 어때요?
這件衣服怎麼樣？

i sang hae yo da reun ga ge e ga yo
이상해요. 다른 가게에 가요.
很奇怪，去別家店吧。

geu rae yo geu reon de jeon i o si jo a yo
그래요? 그런데 전 이 옷이 좋아요.
是嗎？但我喜歡這件衣服。

geu reom han beon i beo bwa yo je ga bwa jul kke yo
그럼 한번 입어 봐요. 제가 봐 줄게요.
那就試穿一下吧，我來幫你看看。

單字與片語

이상하다 奇怪		좋다 好	
다른 別的		그럼 那麼	
가게 商店		한번 一次	
그런데 不過、但是		입어 보다 穿看看	

「太好笑了」的韓語怎麼說？

neo mu　　ut kkyeo yo
너무 웃겨요.

對話 ♫ 150

reon ning maen bwa yo
런닝맨 봐요?
有看Running Man嗎？

ne　 jeo do reon ning maen bwa yo
네, 저도 런닝맨 봐요.
嗯，我也有看Running Man。

i gwang su neo mu　 ut kkyeo yo
이광수 너무 웃겨요.
李光洙太好笑了。

ma ja yo　 jeo do　 i gwang su　 jo a yo
맞아요! 저도 이광수 좋아요.
對啊！我也喜歡李光洙。

單字與片語

웃다 笑	**런닝맨** Running Man（韓國綜藝節目片名）
웃기다 搞笑、很好笑	**이광수** 李光洙（人名）

「休息日做什麼」的韓語怎麼說？

swi neun na re mwo hae yo

쉬는 날에 뭐 해요?

對話 ♫ 151

swi neun na re mwo hae yo

쉬는 날에 뭐 해요?

休息日妳都做什麼？

jeo neun swi neun na re ji be seo man hwa chaek bo neun geo seul jo a

저는 쉬는 날에 집에서 만화책 보는 것을 좋아

hae yo neo mu jae mi i sseo yo

해요. 너무 재미있어요~

休息日時我喜歡在家看漫畫書。非常有趣～

su ji ssi do man hwa chae keul jo a hae yo

수지 씨도 만화책을 좋아해요?

秀智，妳也喜歡漫畫嗎？

ne eo ryeo sseul ttae bu teo man hwa chae keul a ju jo a hae sseo yo

네, 어렸을 때부터 만화책을 아주 좋아했어요.

對啊，我從小就非常喜歡看漫畫。

單字與片語

쉬는 날 休息日	**어렸을 때** 小時候
만화책 漫畫書	

字典找不到的韓國最新流行語

「小週末」的韓語怎麼說？

bul ta neun geumyo il
불타는 금요일

一般週休二日的上班族禮拜五下班後，就可以開始玩樂，所以韓國星期五晚上的餐廳或居酒屋會比平常熱鬧許多，因此產生了「불타는 금요일（簡稱 불금）」的說法。

＜例句＞

bul geu mi doe myeon hong dae e ga seo chin gu deul ha go sae byeok kka ji no ra yo
불금이 되면 홍대에 가서 친구들하고 새벽까지 놀아요.
一到小週末就會跟朋友去弘大玩到凌晨。

＜單字＞

불타다 燃燒、烈火、強烈、起火
名詞＋이 / 가 되다 到；成為～
홍대 弘大（地名）
名詞＋들 ～們
새벽 凌晨～

補充單字：**星期的韓文說法**

월요일 星期一（月曜日）	**토요일** 星期六（土曜日）
화요일 星期二（火曜日）	**일요일** 星期七（日曜日）
수요일 星期三（水曜日）	**평일** 平日
목요일 星期四（木曜日）	**주말** 週末
금요일 星期五（金曜日）	

「你說啥」的韓語怎麼說？

mwo ra go yo
뭐라고요.

對話 ♫ 152

ga yong ssi   sa rang hae yo
가용 씨, 사랑해요!
佳容，我愛妳。

mwo ra go yo
뭐라고요?
你說什麼？

sa rang han da go yo
사랑한다고요.
我說我愛妳。

eo meo na   jeo do yo
어머나! 저도요.
天啊！我也是。

單字與片語

어머나 天哪	도 也

「不知道」的韓語怎麼說？

mol ra yo
몰라요.

對話 ♫ 153

tae yang ssi   il bo neo   a ra yo
태양 씨, 일본어 알아요?
太陽，你懂日文嗎？

a ni yo   mol ra yo
아니요. 몰라요.
不，不懂。

geu reom jung gu geo   a ra yo
그럼 중국어 알아요?
那麼懂中文嗎？

da   mol ra yo
다 몰라요.
都不懂。

單字與片語

일본어 日語	**알다** 知道、懂
중국어 中文	**모르다** 不知道、不懂（ㄹ 不規則變化）

 補充單字：**나라**（國家）

아시아 亞洲	**미국** 美國	**이탈리아** 義大利	**브라질** 巴西
북아메리카 北美洲	**영국** 英國	**스위스** 瑞士	**캐나다** 加拿大
남아메리카 南美洲	**호주** 澳洲	**터키** 土耳其	**베트남** 越南
유럽 歐洲	**멕시코** 墨西哥	**이집트** 埃及	**태국** 泰國
아프리카 非洲	**프랑스** 法國	**말레이시아** 馬來西亞	
오세아니아 大洋洲	**독일** 德國	**인도** 印度	

wi heom hae yo
위험해요.

對話 ♫ 154

geon neo pyeon keo pi syo be ga yo
건너편 커피숍에 가요.
我們去對面的咖啡廳吧。

wi heom hae yo gil geon neol tae neun jwa u reul jal bwa ya hae yo
위험해요! 길 건널 때는 좌우를 잘 봐야 해요.
危險！過馬路的時候必須要注意左右方。

a ra sseo yo go ma wo yo
알았어요. 고마워요.
知道了，謝謝！

je ga jom jan so ri ga man chi yo mi an hae yo je seupkkwa ni e yo
제가 좀 잔소리가 많지요. 미안해요. 제 습관이에요.
我太嘮叨了吧，對不起，這是我的習慣。

單字與片語

건너편 對面	-아 / 어야 하다 必須、一定
길 (을) 건너다 過馬路	잔소리 嘮叨
-(으)ㄹ 때 ～的時候	습관 習慣
좌우 左右	

「放屁」的韓語怎麼說？

bang gwi reul kkwi eo sseo yo

방귀를 뀌었어요.

對話 ♫ 155

ga yong ssi tto bang gwi kkwi eo sseo yo

가용 씨, 또 방귀 뀌었어요!

佳容，妳又放屁了！

ne mi an hae yo tto kkwi eo ne yo

네, 미안해요. 또 뀌었네요.

是的，對不起，我又放屁了。

gwaen cha na yo so hwa bul ryang in ga yo

괜찮아요? 소화불량인가요?

還好嗎？妳是消化不良嗎？

a ni yo je byeolmyeong i bang gwi jaeng i ye yo

아니요. 제 별명이 방귀쟁이예요.

不是，我的綽號就是放屁大王。

單字與片語

방귀를 뀌다 放屁	**별명** 綽號，外號
또 又	**名詞＋쟁이** 用在名詞之後，表示該
괜찮다 沒關係	名詞的屬性，例如：**안경쟁이** 戴眼
소화불량 消化不良	鏡的。

「蟑螂出現了」的韓語怎麼說？

ba kwi beol re ga　na wa sseo yo
바퀴벌레가 나왔어요.

對話 ♫ 156

eong　i ge mwo jyo　ba kwi beol re ne yo　eo tteo ke hae ya
응? 이게 뭐죠? 바퀴벌레네요! 어떻게 해야
dwae yo
돼요?
嗯？這什麼？是蟑螂！該怎麼辦？

ppal ri seul ri peo ro　ttae ryeo yo
빨리 슬리퍼로 때려요!
趕快用拖鞋打！

jeo mot hae yo
저 못 해요.
我做不到。

a i go　geu reom je ga hal kke yo
아이고! 그럼 제가 할게요.
天哪！那我來做。

單字與片語

바퀴벌레 蟑螂		슬리퍼 拖鞋	
나오다 出現		때리다 打	

「什麼都沒有」的韓語怎麼說？

a mu geot tto eop sseo yo

아무것도 없어요.

對話 ♫ 157

jin jja bae go peun de naeng jang go e a mu geot tto eop sseo yo
진짜 배고픈데 냉장고에 아무것도 없어요.
ha ha
하하!
真的好餓，但冰箱裡面什麼都沒有，哈哈！

geu rae yo geu reom u ri man nal kka yo ga chi jeom sim meo geo yo
그래요? 그럼 우리 만날까요? 같이 점심 먹어요.
是嗎？那我們要不要見個面？一起吃午餐。

jo a yo sam sipppun dwi e man na yo
좋아요. 30분 뒤에 만나요.
好啊，三十分鐘後見。

o ke i
오케이!
OK！

單字與片語

배 고프다 肚子餓		만나다 見面	
냉장고 冰箱		뒤 後	
아무것 任何東西		오케이 OK	
없다 沒有			

「時間過得真快」的韓語怎麼說？

si ga ni jin jja ppal ri ga ne yo
시간이 진짜 빨리 가네요.

對話 ♩ 158

beol sseo si bi rwo ri e yo
벌써 11월이에요.
已經十一月了呢。

ol hae do eol ma an na ma sseo yo
올해도 얼마 안 남았어요.
今年也剩沒多少天了。

si ga ni jin jja ppal ri ga ne yo
시간이 진짜 빨리 가네요.
時間過得真快啊。

ma ja yo nae nyeon do ol hae cheoreom haeng bo ka myeon jo ke sseo yo
맞아요. 내년도 올해처럼 행복하면 좋겠어요.
沒錯，希望明年也像今年一樣幸福。

單字與片語

진짜	真的	얼마	多少、一些
빨리	快	남다	剩下、留
벌써	已經	내년	明年
올해	今年	名詞＋처럼	像～

附錄文法

韓語動詞和形容詞的基本特點

韓語的動詞和形容詞語尾需要按照說話者的需求來做變化,那該如何區分語幹跟語尾呢?很簡單,它們的基本型態都以-다結尾,除了-다(語尾)以外的部分都是語幹。

	語幹	語尾
가다 去	가-	-다
먹다 吃	먹-	-다
예쁘다 漂亮	예쁘-	-다
공부하다 學習	공부하-	-다

大部分的動詞和形容詞都是按照規則來做變化,**例如:**

안다　　(擁抱)– 안아요 – 안습니다 – 안고 – 안네요
자다　　(睡覺)– 자요 – 잡니다 – 자고 – 자네요
맛있다　(好吃)– 맛있어요 – 맛있습니다 – 맛있고 – 맛있네요

✏️ **練習一下** 在語幹的部分打圈。

範例:
다　見面

1)운동하다 運動　　　　3)자다 睡覺

2)귀엽다 可愛　　　　　4)마시다 喝

答案
1)운동하- 2)귀엽- 3)자- 4)마시-

ㅂ不規則變化

帶有 ㅂ 收音的動詞或形容詞，若遇到以母音開頭的語尾，音節中的 ㅂ 就會脫落，並加上母音 ㅜ 。例如：덥다（熱）後面接 –아 / 어 或 으 系列的母音語尾時，就變成：

덥 - ＋ －어요 → 더우 - ＋ －어요 ＝ 더워요

덥 - ＋ (으)니까 → 더우 - ＋ (으)니까 ＝ 더우니까

用於轉折的連接詞，若前面的詞幹以子音結尾就接 – 으니까；以母音結尾就接 니까

	– 아 / 어系列		子音		（으）系列	
	– 아/어요	– 았/었어요	– 고	– 지만	-(으)ㄹ 거예요	-(으)니까
덥다 熱	더워요	더웠어요	덥고	덥지만	더울 거예요	더우니까
춥다 冷	추워요	추웠어요	춥고	춥지만	쉬울 거예요	추우니까
쉽다 容易	쉬워요	쉬웠어요	쉽고	쉽지만	쉬울 거예요	쉬우니까
어렵다 難	어려워요	어려웠어요	어렵고	어렵지만	어려울 거예요	어려우니까
부럽다 羨慕	부러워요	부러웠어요	부럽고	부럽지만	부러울 거예요	부러우니까
귀엽다 可愛	귀여워요	귀여웠어요	귀엽고	귀엽지만	귀여울 거예요	귀여우니까
돕다 幫助	도와요	도왔어요	돕고	돕지만	도울 거예요	도우니까
곱다 善良	고와요	고왔어요	곱고	곱지만	고울 거예요	고우니까

然而，在這不規則變化裡還有例外，分別是表格最下面的 **돕다** 和 **곱다** 。它們後面接 –아 / 어 類的語尾時，ㅂ 就會變成 ㅗ，而不是 ㅜ。

르 不規則變化

語幹以 르 結尾的一些動詞，在遇到以母音開頭的語尾（但 으 開頭的語尾除外），除了在 르 前面的字加上 ㄹ 外，르 下面的母音 ㅡ 要拿掉。**例如：**

모르다（不知道）後面接 **– 아 / 어요** 時，會變成 **몰라요**。

	– 아 / 어 系列		（으）系列		子音	
	– 아/어요	– 았/었어요	-(으)ㄹ 거예요	-(으)니까	– 고	– 지만
모르다 不知道	몰라요	몰랐어요	모를 거예요	모르니까	모르고	모르지만
다르다 不同	달라요	달랐어요	다를 거예요	다르니까	다르고	다르지만
오르다 上、登	올라요	올랐어요	오를 거예요	오르니까	오르고	오르지만
마르다 乾、瘦	말라요	말랐어요	마를 거예요	마르니까	마르고	마르지만

例句：

우리는 쌍둥이지만, 성격은 아주 달라요.
我們雖然是雙胞胎，個性卻截然不同。

산에 오르니까 기분이 좋아졌어요.
爬上山後，心情就變好了。

옷이 다 말랐어요. 걷어와서 좀 개세요.
衣服都乾了，請收進來摺。

ㄷ 不規則變化

以 ㄷ 為收音的一部分動詞（形容詞除外），在遇到以母音開頭的語尾時，ㄷ 會變為 ㄹ。例如：「묻다（問）」是 ㄷ 不規則變化的動詞，如果詞幹 묻–後面接母音開頭的語尾，收尾音 ㄷ 就會變成 ㄹ；但若不是母音就無變化。

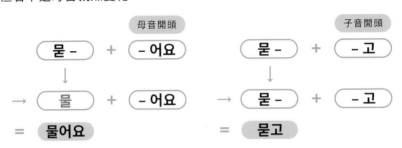

	–아/어요	–았/었어요	–(으)ㄹ 거예요	–(으)니까	–고	–지만
듣다 聽	들어요	들었어요	들을 거예요	들으니까	듣고	듣지만
걷다 走	걸어요	걸었어요	걸을 거예요	걸으니까	걷고	걷지만
묻다 問	물어요	물었어요	물을 거예요	물으니까	묻고	묻지만

但規則動詞 묻다、믿다、얻다、쏟다 是按照一般規則來變化。
例如：「묻다（埋）」後接–아/어요，就會變成 묻어요。

例句：
어제 친구하고 공원에서 한 시간 넘게 걸었어요.
昨天和朋友在公園散步了一個多小時。

그 소식 들었어요?
你有聽說那個消息嗎？

잘 모르는 부분이 있으면 언제든지 저에게 물어 보세요.
如果有甚麼地方看不懂的話，可以隨時問我。

ㅎ 不規則變化

此不規則變化較特別，一般的不規則只有語幹或語尾其中一個會變化，但 ㅎ 不規則變化兩個都會變。以 ㅎ 為收音一些形容詞（但形容詞「좋다」除外），在遇到以母音開頭的語尾時，ㅎ 會脫落，但若後面接的是母音 **아 / 어** 及 **으** 開頭的系列，變化則不同，**說明如下：**

동그랗 ＋ －아/어요　　　　동그랗 ＋ －(으)ㄴ

→ 동그라 ＋ ㅣ ＋ －아/어요　→ 동그라 ＋ －(으)ㄴ

= 동그래요　　　　　　　　　= 동그란

	－아 / 어系列		(으)系列		子音	
	－아 / 어요	－았 / 었어요	－(으)ㄴ	－(으)니까	－(스)ㅂ니다	－지만
어떻다 怎樣	어때요	어땠어요	어떤	어떠니까	어떻습니다	어떻지만
이렇다 這樣	이래요	이랬어요	이런	이러니까	이렇습니다	이렇지만
저렇다 那樣	저래요	저랬어요	저런	저러니까	저렇습니다	저렇지만
그렇다 那樣	그래요	그랬어요	그런	그러니까	그렇습니다	그렇지만
빨갛다 紅	빨개요	빨갰어요	빨간	빨가니까	빨갛습니다	빨갛지만
파랗다 藍	파래요	파랬어요	파란	파라니까	파랗습니다	파랗지만
하얗다 白	하얘요	하얬어요	하얀	하야니까	하얗습니다	하얗지만
까맣다 黑	까매요	까맸어요	까만	까마니까	까맣습니다	까맣지만

ㅅ 不規則變化

語幹以 ㅅ 為結尾的某些動詞或形容詞，遇到以母音開頭的語尾時，ㅅ 會脫落，但若遇到子音則不會出現變化，以下四個單字最常出現。

	- 아 / 어系列		(으) 系列		子音	
	- 아/어요	- 았/었어요	- (으) ㄹ 거예요	- (으) 니까	- 고	- 지만
낫다 痊癒	나아요	나았어요	나을 거예요	나으니까	낫고	낫지만
붓다 腫	부어요	부었어요	부을 거예요	부으니까	붓고	붓지만
젓다 攪拌	저어요	저었어요	저을 거예요	저으니까	젓고	젓지만
짓다 建造；做 （飯）	지어요	지었어요	지을 거예요	지으니까	짓고	짓지만

例句：

열심히 운동하면 몸이 빨리 나을 거예요.
認真運動的話，身體很快就會好起來囉。

커피에 설탕을 넣고 잘 저어 주세요.
請在咖啡裡加糖並好好攪拌一下。

오늘 손님이 와서 밥을 7 인분 지었어요.
今天因為有客人要來，所以做了 7 人份的飯。

「ㅡ脫落」現象

動詞或形容詞的語幹以 **ㅡ** 結束，後面連結的語尾以母音開頭時，**ㅡ** 要脫落，但若以子音開頭就不需要脫落。**例如：아프다**（痛）：

母音：

아프ㅡ + -아요 = 아파요
↓脫落

子音：

아프 - + - ㅂ니다 = 아픕니다

但因為母音「ㅡ」消失的關係，後面接語尾時要參考再前面的母音，若是陽性母音（ㅏ、ㅗ…），就接 – **아요** / – **았어요** / – **아서** 等。若非陽性母音、或是沒有母音時，則接 – **어요** / – **었어요** / – **어서** 等，因此，**바쁘다** 會變成 **바빠요**，**예쁘다** 會變成 **예뻐요**。

「ㅡ脫落」是屬於規則變化，所有以母音「ㅡ」結束的動詞或形容詞都要按照此規則來變化，常用的單字變化形態如下：

	– 아/어요	– 았/었어요	– 아/어서	-(스)ㅂ니다	– 고
아프다 痛	아파요	아팠어요	아파서	아픕니다	아프고
바쁘다 忙	바빠요	바빴어요	바빠서	바쁩니다	바쁘고
(배가) 고프다 （肚子）餓	고파요	고팠어요	고파서	고픕니다	고프고
나쁘다 壞	나빠요	나빴어요	나빠서	나쁩니다	나쁘고
예쁘다 漂亮	예뻐요	예뻤어요	예뻐서	예쁩니다	예쁘고
크다 大	커요	컸어요	커서	큽니다	크고
쓰다 寫／用／戴／苦	써요	썼어요	써서	씁니다	쓰고
기쁘다 高興	기뻐요	기뻤어요	기뻐서	기쁩니다	기쁘고
슬프다 傷心	슬퍼요	슬펐어요	슬퍼서	슬픕니다	슬프고

例句：

오늘은 하루 종일 너무 바빴어요. 今天一整天都非常忙碌。

이름을 써 주세요. 請寫上名字

제 친구가 몸이 아파서 오늘 수업에 못 왔어요.
我的朋友因為身體不舒服，所以今天無法來上課。

「ㄹ 脫落」現象

所有以 ㄹ 為語幹最後一個音節收音的動詞或形容詞，其後面所接的音節是以「ㄴ、ㅂ、ㅅ」開頭時，收音 ㄹ 要脫落。

	– 아/어요	– 고	– 지만	– 네요	– ㅂ니다	– 세요
알다 知道	알아요	알고	알지만	아네요	압니다	아프고
놀다 玩	놀아요	놀고	놀지만	노네요	놉니다	바쁘고
달다 甜	달아요	달고	달지만	다네요	답니다	고프고
팔다 賣	팔아요	팔고	팔지만	파네요	팝니다	나쁘고
만들다 做	만들어요	만들고	만들지만	만드네요	만듭니다	예쁘고
길다 長	길어요	길고	길지만	기네요	깁니다	크고
열다 開	열어요	열고	열지만	여네요	엽니다	쓰고
울다 哭	울어요	울고	울지만	우네요	웁니다	기쁘고
멀다 遠	멀어요	멀고	멀지만	머네요	멉니다	슬프고

例句：

이 바지는 좀 기네요. 수선 돼요? 這件褲子有點長，可以修改嗎？

우리 가게에서는 믿을 수 있는 상품만 팝니다. 我們的店只賣能信任的商品。

좀 답답하네요. 문 좀 여세요. 有點悶悶的，請把門打開一下。

收藏！儲存！非學不可的生活韓語 150 篇 /
趙叡珍著 . -- 初版 . -- 臺北市：日月文化 , 2017.12
224 面 ; 14.7*21 公分 . -- (EZ Korea ; 18)
ISBN 978-986-248-683-2(平裝附光碟片)

1. 韓語 2. 讀本

803.28   106018505

EZ Korea 18

收藏！儲存！
非學不可的生活韓語 150 篇

作　　者：趙叡珍
執行編輯：郭怡廷
封面設計：洪于茜
內頁排版：麥惠雯、張靜怡、洪于茜
內頁插圖：Shutterstock
韓語錄音：趙叡珍、李旻宰
錄音後製：純粹錄音後製有限公司

發 行 人：洪祺祥
副總經理：洪偉傑
副總編輯：曹仲堯
法律顧問：建大法律事務所
財務顧問：高威會計師事務所
出　　版：日月文化出版股份有限公司
製　　作：EZ 叢書館

地　　址：台北市信義路三段 151 號 8 樓
電　　話：(02)2708-5509
傳　　真：(02)2708-6157
客服信箱：service@heliopolis.com.tw
網　　址：www.heliopolis.com.tw
郵撥帳號：19716071 日月文化出版股份有限公司

總 經 銷：聯合發行股份有限公司
電　　話：(02)2917-8022
傳　　真：(02)2915-7212
印　　刷：中原造像股份有限公司
初　　版：2017 年 12 月
定　　價：300 元
I S B N：978-986-248-683-2